KB123919

로크미디어가
유혹하는
재미있는 세상

개혁군주

개혁 군주 11

2022년 10월 18일 초판 1쇄 인쇄
2022년 10월 21일 초판 1쇄 발행

지은이 이윤규
발행인 김정수 강준규

기획 이기헌 왕소현 박경무 강민구 조익현
책임편집 최전경
마케팅지원 이원선

발행처 (주)로크미디어
출판등록 2003년 3월 24일
주소 서울시 마포구 마포대로 45·일진빌딩 6층
Tel (02)3273-5135 **편집** 070-7863-8592 **Fax** (02)3273-5134
홈페이지 rokmedia.com **E-mail** rokmedia@empas.com

ⓒ 이윤규, 2022

값 8,000원

ISBN 979-11-408-0219-7 (11권)
ISBN 979-11-354-7367-8 04810 (세트)

차례

황하대전

　하늘이 흙먼지로 가득했으나 조선의 기병군단은 아직 상당한 거리가 있었다. 그 바람에 홍경래는 한동안 말을 달려서야 본진에 도착할 수 있었다.

　본진의 선봉은 북방기병여단이었다.

　홍경래는 곧바로 여단장을 찾아가 귀대 신고를 했다. 기병군단이 이동 중이기에 귀대 신고도 속보로 말을 달리며 했다.

　유병호가 반갑게 맞았다.

　"하하하! 홍 중대장, 수고 많았다. 이번에도 청국 황실의 피난 대열을 공략하면서 큰 공을 세웠다고 들었다."

　"감사합니다. 병사들이 잘 따라 주어서 다행히 좋은 성과를 거둘 수 있었습니다."

"청국 금군을 상대해 봤어?"

홍경래가 아쉬워했다.

"아닙니다. 그러지 못했습니다."

"아니, 왜? 금군이라면 청국 최고의 병력이잖아. 전력 탐색도 할 겸해서 직접 붙어 보지 그랬어. 황족이 포함된 피난 대열을 흩트려 놓았으면 청군이 가만있지 않았을 터인데 말이야."

홍경래가 고개를 저었다.

"그럴 기회가 없었습니다. 피난민을 통제하는 병력은 금군이 아니라 북경을 지키던 일반 병력이었습니다."

"아! 그래?"

"그들과는 몇 차례 맞닥뜨리면서 접전을 벌였습니다. 당연히 모두 완파를 했고요. 그러나 청국 금군은 황실 호위에 주력해서인지 피난민들을 직접 챙기지 않았습니다. 그렇다고 병력이 적은 저희가 직접 도발하지는 못했고요."

"그렇구나. 저들도 우리와의 결전에 대비해 전력을 최대한 아끼고 있는 걸 거야. 사소취대하겠다는 전략적 판단을 하고 있는 것이 분명해."

"그런 계산을 하고 있었던 것으로 보입니다."

"그러면 어쩔 수 없는 일이지. 그나저나 청국 백성들에게는 우리의 무서움을 확실히 각인시켜 주었겠구나?"

홍경래가 가슴을 폈다.

개혁군주

"물론입니다. 지난 며칠 동안 진절머리가 나도록 뒤흔들어 놓았습니다. 나중에는 우리만 보이면 뒤도 돌아보지 않고 사방으로 흩어질 정도였지요. 아마도 피난하는 청국 백성들은 조선 기병이라는 말만 들어도 하나같이 안색이 바뀔 것입니다."

홍경래가 활동 상황을 대충 보고했다. 그의 설명을 듣던 유병호가 크게 웃었다.

"하하하! 홍 대위는 역시 대단하구나. 며칠 동안 끈질기게 괴롭히는 일도 결코 쉽지 않은데 말이야."

홍경래가 이를 갈았다.

"그래도 아쉽기만 합니다. 우리가 그동안 핍박받고 차별받았던 생각을 하면 모조리 척살하고 싶었습니다. 그러나 일반 백성들을 상대로 악귀가 되지 않으려고 무척 노력했습니다."

"잘 참았어. 곧 있으면 청국 금군과 한판 결전을 벌여야 해. 지금껏 참은 분기는 그때 한꺼번에 표출하도록 해."

"예, 그러려고 참고 또 참았습니다."

"청국 금군은 삼상기로, 최강의 기병이다. 그런 기병과 맞싸워 승리할 자신이 있나?"

홍경래가 말고삐를 움켜쥐었다.

"물론입니다. 청국 금군이 아무리 많은 훈련을 쌓아 왔다고 해도 제대로 실전 한 번 겪지 못한 종이호랑이에 불과합니다. 반면에 우리는 수십 차례 실전을 겪어 온 역전의 용사들이고요. 그런 우리가 저들과 격돌한다면 지려야 질 수 없는 싸움이 될 것입니다. 반드시 우리가 승리합니다."

유병호가 호탕하게 웃었다.

"하하하! 지려야 질 수 없다고?"

홍경래가 장담했다.

"그렇습니다. 저들에 비해 우리가 달리는 거라고 해 봐야 화려한 군복뿐입니다. 그런 우리가 어떻게 질 수 있겠습니까?"

유병호가 주의를 주었다.

"그렇다고 너무 자만하면 안 돼. 자만이 심하면 그것은 바로 패전의 지름길이야."

이번에는 홍경래가 호탕하게 웃었다.

"하하하! 조금도 염려하지 마십시오. 우리는 언제 어느 때 전투를 벌이더라도 반드시 최선을 다해 왔습니다. 그런 우리가 방심으로 패전의 멍에를 쓰는 일은 결코 없을 것입니다."

유병호가 크게 흡족해했다.

"좋은 자세다. 자! 속도를 내서 저들을 쫓도록 하자. 저들이 황하를 건너면 추적하기가 아주 힘들어진다. 반드시 황하를 건너기 전에 꼬리를 잡아야 해."

"예, 알겠습니다."

유병호의 지시에 따라 여단 병력의 진군이 빨라졌다. 그런 북방여단을 따라 전체 기병군단의 속도도 한층 더해졌다.

쫓고 쫓기는 추격전이 시작되었다.

본격적인 추격전이 시작되면서 청국 황실은 자신들만의 살길을 선택했다. 거의 백여만에 이르는 백성들을 버리고 도주한 것이다.

　청국 백성들 대부분은 탈것도 없이 그저 걸어서 이동하고 있었다. 그러니 갑자기 마차의 속도를 높여 달아나는 황실을 그저 바라볼 수밖에 없었다.

　조선 기병에 쫓기는 청국 황실로서는 어쩔 수 없는 선택일 수도 있었다. 그러나 피난민들을 버리는 일은 최악의 선택이었다.

　한동안 우왕좌왕하던 피난민들은 결국 청국 황실과 다른 길을 택해 도주했다. 조선 기병군단은 이런 청국 피난민들의 뒤를 쫓지 않았다.

　덕분에 청국 백성들의 피난길이 편해졌다. 이런 사실이 알려지면서 시간이 지날수록 피난민들이 급격히 불어났다.

　추격전은 며칠 동안 이어졌다.

　한밤이 되어서야 이동을 멈추었으며, 해가 뜨기도 전에 다시 말을 달렸다. 이러한 강행군에 가경제와 청국 황실, 황족과 고관대작들은 지쳐 갔다.

　그렇다고 속도를 줄일 수도 없었다. 자신들이 조선군에 잡히는 순간 청국은 끝이라는 절박감 때문에 스스로를 무섭게 다그쳤다.

　그러나 도주는 쉽지 않았다.

조선 기병은 만주와 몽골에서 군마를 보충한 덕분에 말을 바꿔 타며 추적했다. 그 바람에 시간이 지나도 추격 속도가 떨어지지 않았다.

반면에 청국 금군은 군마가 넉넉하지 못했다.

여기에 호위해야 할 인원만 일만여 명이나 되었다. 거기에 여인들은 쉬어가야 하는 경우가 속출해 속도를 내는 데는 한계가 있었다.

그러다 황하를 이틀 남겨 놓고서 조선 기병에 꼬리가 잡히고 말았다. 조선군에 꼬리가 잡히자 청국 금군은 바로 병력을 나눴다.

이와 같은 병력 운용은 사전에 협의가 되어 있었기에 가능했다. 10만 병력이 말머리를 돌려 조선 기병과 맞섰다. 그리고 남은 2만여 명의 병력이 황실을 호위하며 무서운 속도로 도주했다.

"청군의 일부가 진군을 멈췄다! 신호탄을 쏘아 올려라!"

펑!

조선 기병수색대는 청군의 움직임을 재빨리 포착했다. 수색대장이 급히 신호탄을 쏘아 올렸다. 그러고는 병사들을 보내 깃발신호를 보내게 했다.

신호를 접수한 선두의 유병호가 병력의 진군을 멈추게 했다. 선봉여단의 움직임에 따라 조선 기병군단이 여유롭게 진군을 멈추었다.

기병사령관 조철상이 앞으로 나섰다.

"어떻게 된 상황이야!"

유병호가 보고했다.

"수색대가 진군을 멈추라는 신호를 보내왔습니다. 아마도 적병이 전방에 포진해 있는 것 같습니다."

"청국 금군 병력이겠구나."

"아직 다른 병력이 합류했다는 보고가 없었으니 맞을 것입니다."

이들이 잠시 기다리니 수색대장이 달려왔다. 그의 보고를 받은 조철상이 크게 기뻐했다.

"다행이다. 황하를 건너기 전에 저들의 꼬리를 잡았구나."

유병호가 확인했다.

"청국 금군이 확실한가?"

"그렇습니다. 저들이 입고 있는 갑옷의 색깔도 그렇고, 들고 있는 깃발도 삼상기가 분명합니다."

"병력 숫자는?"

"대략 파악한 바로는 10만은 족히 되는 거 같습니다."

조철상이 짐작했다.

"그 정도 숫자라면 대부분의 병력이 우리를 막기 위해 동원되었겠구나."

"그렇게 보입니다."

"좋아! 참모장!"

"예, 사령관님."

"각 군단에 명을 전해라. 지금부터 1호 작전계획대로 병력을 편성한다."

"예, 알겠습니다."

조선 기병도 청국 금군을 상대하기 위해 몇 가지 작전계획을 수립해 놓고 있었다. 그중 지금의 상황과 가장 맞아떨어지는 작전이 1호 작전이었다.

사령관의 지시에 2개의 기병군단이 신속히 병력을 편제했다. 이러는 동안 조선군도 청군도 부지런히 척후병을 보내 상대 진영을 정탐했다.

그리고 얼마 후.

조철상이 유병호를 바라봤다.

"유 여단장, 이번에도 잘 부탁해. 어쩌면 이번이 마지막 전투일지 모르니 이전보다 더 신경을 써야 할 거야."

유병호가 자신감 있게 대답했다.

"염려 마십시오. 반드시 저들을 격멸해 승리를 세자 저하께 바치도록 하겠습니다."

조철상이 흡족해했다.

"좋아! 그 기백이라면 일당백도 거뜬하겠어."

이러던 조철상이 주먹을 불끈 쥐었다.

"금군은 청나라 최후의 보루야. 그런 금군 10만이 목숨을 걸고 나섰다는 사실을 명심해. 그런 적을 상대하기 위해서는 이번 결전에 목숨을 걸어야 할 것이야."

유병호도 각오를 다졌다.

"걱정 마십시오. 우리 여단 병력 전부가 전사하는 한이 있더라도 반드시 적을 격멸하겠습니다."

조철상이 굳은 표정을 지었다.

"선봉을 맡아 줘서 고맙다. 그러면 즉시 위치로 돌아가 전투를 준비하라!"

"알겠습니다."

유병호가 급히 말고삐를 잡아챘다.

히히힝!

그가 탄 말이 울음소리를 내며 몸을 돌렸다. 유병호가 그런 말의 몸통에 박차를 가했다.

"가자!"

잠시 후.

유병호가 조선 기병군단의 선두에 섰다.

그의 옆으로 홍경래와 여러 지휘관이 나란히 섰다. 북방여단을 필두로 한 모든 병력이 서둘러 진격 채비를 갖췄다.

둥! 둥! 둥!

이어서 진군의 북소리가 울렸다.

유병호가 소리쳤다.

"전군! 속보로 전진하라!"

조선 기병이 대오를 지켜 가며 나갔다.

조선군이 대업을 진행하면서 기병끼리 정면 격돌한 경우는 한 번뿐이었다. 바로 1만여 명의 병력만이 격돌한, 심양에서의 전투였다. 이어진 몽골 초원 평정은 일방적인 전투였었다.

그러나 이번은 달랐다.

양군에서 이십여만 병력이 동원되었다. 거기다 청군은 최강의 금군이, 조선군은 거의 모든 기병 전력이 나섰다.

양군 모두 무너지면 끝장이나 다름없는 상황이었다. 조선은 그래도 최강의 보병이 있어서 여력이 있었지만, 청국으로선 그야말로 끝장이었다.

조선군은 진군의 북소리에 맞춰 전진했다. 청군은 그런 조선군이 다가오는 것을 알고 있으면서도 경거망동하지 않았다.

청군의 목적은 단 하나, 지더라도 최대한 버티는 것이다. 그래야 황실이 무사히 황하를 건널 수 있기 때문이다.

목적이 분명한 청군은 자신들에게 유리한 지역에다 진영을 구축해 놓고 기다렸다. 그렇게 기다리는 시간조차도 이들에게는 귀중했다.

그렇게 얼마를 기다렸을 때였다. 멀리서 북소리가 들리더니 조선 기병의 모습이 보였다.

말이 속도를 내지 않고 있었기에 흙먼지가 하늘 가득 치솟지는 않았다. 그럼에도 5월의 대륙 평원은 건조해서 수십만 필이 이동하는 것만으로도 사방으로 먼지를 비산시켰다.

영시위내대신이 청국 병력을 이끌었다.

시위처는 황제 경호가 임무다. 그런 시위처의 수장이 병력을 이끌게 된 데에는 그의 강력한 주청도 있었지만, 금군의 사기를 위해 가경제가 결단했기 때문이다.

영시위내대신은 건륭제의 중가르 정벌 당시 직접 전투에 참여했었다. 그래서 누구보다 야전에 밝았으며, 특히 기병 전술에 대해서는 청국 최고였다.

금군은 몇 번이고 참전하고 싶어 했다.

그러나 가경제의 거듭되는 반대로 번번이 좌절되었다. 그러다 북경이 위태로워지면서 어쩔 수 없이 황제와 황실 등을 호위하며 피난해야 했다.

금군은 이런 상황이 치욕스러웠다.

청국 금군은 최강의 병력이란 자부심으로 가득하다. 그래서 그런 자신들이 싸우지도 않고 도주한다는 사실을 받아들이기가 쉽지 않았다.

그 바람에 피난민들을 호위하면서도 불만이 팽배해 있었다. 그러다 조선 기병과의 결전을 맞이하니 이들의 사기는 하늘을 찔렀다.

아니, 하나같이 이를 갈며 복수를 다짐했다. 그러면서 반드시 승리해 청국이 자랑하는 팔기의 위용을 온 천하에 알리고 싶었다.

영시위내대신은 이런 금군의 기세를 누구보다 잘 알고 있었다. 그러나 전투 경험이 많은 그는 경솔하게 조선군과 맞 싸우려 하지 않았다.

그래서 조선군이 다가오기만을 기다리고 있었다.

그런 영시위내대신에게 전혀 생각지도 않은 상황이 전개 되었다.

갑자기 조선 기병에게서 포탄이 날아온 것이다. 날아온 포 탄은 단단히 포진하고 있는 청국 금군에 무차별로 쏟아졌다.

꽝! 꽈꽝! 꽝! 꽝!

청국 금군도 조선 기병이 박격포로 공격한다는 사실 정도 는 알고 있었다. 그러나 직접 포격을 당해 보니 그 충격은 생 각 이상이었다.

히히힝!

"으악!"

"이게 뭐야! 기병이 어떻게 포를 쏘는 거야!"

"정신 차려라! 대오가 흐트러지면 안 된다."

"놀란 군마를 서둘러 안정시켜라!"

팔기 병사들은 놀라 허둥대었으며, 그 영향을 받아 말들도 콧김을 뿜으며 날뛰었다. 그 바람에 잘 정돈되었던 진영이 크게 흐트러졌다.

영시위내대신이 소리쳤다.

"정신들 차려라! 포격은 곧 지나갈 것이니 서둘러 진영을 새로 정비하라!"

청국 금군 소속 무장들도 휘하 병력을 급히 위무하려 했다. 그러나 생전 처음 당하는 박격포 포격에 청군 진영의 혼란은 쉽게 가라앉지 않았다.

그런데 조선 기병의 박격포 공격은 시간이 지나도 줄어들지 않았다. 아니, 청국 금군의 진영 변화를 노리고 퍼붓는 포격이었기에 강도는 더해졌다.

청군은 조선군의 포격을 그냥 당할 수만은 없었다. 그렇다고 진영이 흐트러진 상황에서 무작정 돌격을 감행할 수는 더더욱 없었다.

영시위내대신은 고심 끝에 결정했다.

"병력을 뒤로 물려 다시 진영을 구축하라!"

그의 지시가 떨어지자 청국 금군은 급히 병력을 뒤로 물렸다. 조선 기병은 포격을 하면서도 청군의 움직임을 예의 주시하고 있었다.

그래서 이런 움직임을 정확히 포착했다.

기병사령관이 소리쳤다.

"포격을 멈춰라!"

깃발신호로 포격이 멈추자 전장은 일순간 조용해졌다. 기병사령관이 손을 들어 소리쳤다.

"전군! 돌격하라!"

둥! 둥! 둥! 둥!

드디어 돌격의 북소리가 울렸다.

"돌격!"

"가자!"

두! 두! 두! 두!

포격을 하던 병력을 제외한 모든 조선 기병이 돌격을 감행했다. 병력을 뒤로 물리던 청국 금군은 조선군의 갑작스러운 기동에 크게 놀랐다.

특히 후진 명령을 내렸던 영시위내대신은 크게 후회했다. 그러나 조선군이 돌격해 오는 상황에서 후회만 하고 있을 수는 없었다.

그가 힘차게 칼을 빼 들었다.

"조선군이 돌격했다. 시급히 진영을 재정비하라!"

"진영을 구축하라!"

"적과의 격돌에 대비하라!"

청국 금군도 나름 최강의 병력이다. 실전 경험은 전무했지만, 명령이 떨어지자 이내 진영을 구축했다.

영시위내대신의 명령이 이어졌다.

"전군! 돌격하라!"

두! 두! 두! 두!

청국 금군도 돌격을 감행했다.

양 진영의 기병이 마주 보고 달리기 시작했다.

조선군의 선두는 유병호가 이끄는 북방기병여단이다.

북방기병여단은 많은 전투에 참전해 왔다. 그런 전투마다

개혁군주

최고의 전과를 거두면서, 이제는 선봉은 북방기병여단이란 인식이 모두에게 심겼다.

유병호가 적과의 거리를 재다 소리쳤다.

"전원 거총!"

동행하던 무관이 깃발을 번쩍 들었다. 동시에 북방여단 병력은 안장에 꽂혀 있던 소총을 빼 들었다.

그리고 잠깐의 시간이 지났다.

"사격하라!"

탕! 탕! 탕! 탕!

기병여단 병력은 5천 명 정도 된다. 이 병력이 일제히 방아쇠를 당기니 온 벌판이 울렸다.

청군의 수많은 병사가 총격에 고꾸라졌다.

갑자기 고꾸라진 병사를 뛰어넘지 못한 청군 기병 상당수가 그대로 충돌했다. 충돌은 이중삼중으로 진행되며 가중 피해가 발생했다.

유병호는 이런 적의 상황을 확인조차 하지 않았다. 아군의 총격이 끝나는 것을 확인한 그가 다시 소리쳤다.

"여단! 갈라진다!"

무관이 다른 깃발을 들었다.

그것을 본 북방기병여단이 달리면서 좌우로 나뉘었다. 그러자 뒤따르던 다른 여단장이 소리쳤다.

"전원 거총!"

북방기병여단과 같은 깃발이 올랐다.

여단장의 명령이 떨어졌다.

"사격하라!"

탕! 탕! 탕! 탕!

사격을 마친 기병여단도 북방기병여단처럼 다시 갈라졌다. 이어서 뒤따르던 기병여단도 똑같이 움직이면서 청군의 피해를 누적시켰다.

당하는 청군은 크게 당황했다.

조선 기병은 100미터가량 접근하다 총격만 가하고서 좌우로 갈라져 버렸다. 그런 공격이 몇 차례 이어지면서 1만에 가까운 병력이 죽어 나갔다.

제대로 격돌도 하기 전에 당한 뼈아픈 병력 손실이었다. 놀랍게도 이러한 피해를 보는 데 그리 오래 걸리지도 않았다.

잠깐 사이 너무도 허망하게 입은 피해였다. 그렇다고 해서 달려가던 상황을 포기할 수도 없었다.

기병 간의 전투는 추진력과 추진력이 맞부딪히는 대격돌전이다. 그런데 속도를 포기하면 이점이 완전히 사라지면서 완전히 박살 날 수밖에 없었다.

그래서 청군은 최선을 다해 질주했다.

조선 기병은 그런 청군을 상대로 차곡차곡 피해를 누적시켜 나갔다. 그럴수록 청군은 더 질주하며 난국을 타개하려 했다.

이때였다. 좌우로 나뉘었던 조선 기병이 청국 기병의 후미로 따라붙었다.

탕! 탕! 탕! 탕!

청국 기병은 너무도 황당했다.

분명 전력 질주하고 있었다.

그런 자신들을 비껴간 조선 기병이 어느 사이 추적해 와 꼬리에 붙어 버린 것이다. 당황한 청군은 조선 기병의 공격에 속절없이 무너졌다.

조선 기병이 이렇게 빨리 청군을 뒤쫓을 수 있었던 것은 예비 군마 덕분이었다. 청군을 비껴간 조선 기병은 체력이 충만한 예비 군마로 갈아타고서 청군을 따라잡은 것이다.

그런 예비 군마에는 장전된 소총이 거치되어 있었다. 그래서 꼬리를 잡자마자 바로 사격을 가할 수 있었다.

조선 기병의 양면 공격에 청국 기병은 무참히 갈려 나갔다. 그러나 청국 기병은 포기하지 않고 전진했으며, 마침내 정면의 조선 기병과 격돌할 수 있었다.

우지끈!

양군이 격돌하면서 군마가 뒤엉켰다.

청국 기병은 나름대로 분투했다.

그러나 그런 청국 기병은 뒤따르던 조선 기병을 막아 낼 방도가 없었다. 조선 기병과 뒤엉키며 격돌하는 청군의 뒤를 조선군이 덮쳤다.

와장창!

조선 기병은 주로 도신이 굽은 곡도를 썼다. 그러나 일부 무관은 자신만의 무기로 무장했으며, 힘이 좋은 홍경래는 언월도를 사용했다.

서걱!

홍경래가 소속된 북방기병여단은 청군의 후방을 무자비하게 쓸어 나갔다. 특히 언월도를 휘두르는 홍경래의 활약에 청군은 속절없이 당해야 했다.

언월도가 휘둘릴수록 홍경래의 몸은 피로 물들어 갔다. 그럼에도 언월도는 시간이 지나서도 전혀 속도가 줄어들지 않았다.

어느 순간,

청군도 말을 돌려 뒤따르던 조선 기병과 접전을 벌였다. 그러나 악귀와 같은 홍경래의 주위로는 아무도 다가서려 하지 않았다.

청군을 무참히 죽여 나가던 홍경래가 언월도를 그대로 던졌다. 워낙 많은 인명을 살상한 탓에 날이 무뎌졌기 때문이다.

그렇게 날아간 언월도가 청군의 몸을 꿰뚫고 지나갔다. 그것을 본 청군은 두려움에 떨며 절대 옆으로 가지 않으려 했다.

싸악!

홍경래가 안장에서 곡도를 빼 들었다. 그리고 주변의 청국 기병들을 핏발 선 눈으로 둘러봤다.

개혁군주

그런 시선에 청군 군마조차 놀라 급히 뒷걸음질을 쳤다. 그러다 홍경래와 시선이 마주치자 황급히 몸서리를 쳤다.

히히힝!

"하아!"

홍경래가 말고삐를 잡아채자 군마가 급히 몇 걸음 나갔다. 그와 동시에 주변의 청군 군마들은 황급히 뒤로 물러났다.

그러나 모두가 그러지는 못했다.

서걱!

홍경래가 청군을 칼로 내리쳤다.

언월도와 달리 가벼운 곡도는 청군의 숨통을 바로 끊지 못했다. 자상을 입은 청군이 단말마의 비명을 내질렀다.

"으악!"

이 소리에 청군들은 놀라 더 뒤로 물러섰다. 그런 청군을 향해 홍경래가 소리쳤다.

"도망치지 말고 나와 싸우자!"

그러나 청군 중 누구도 맞서려 하지 않았다. 홍경래는 그런 청군을 사납게 노려보며 호통쳤다.

"이놈들! 도망칠 거라면 뭐 하러 전장에 나왔느냐!"

소리친 홍경래가 박차를 가했다. 옆구리에 통증을 느낀 말이 앞발을 들며 콧김을 내뿜었다.

푸흐흥!

홍경래가 말 위에서 소리쳤다.

"단 한 명의 적도 놓치지 마라! 모조리 척살하라!"

앞발을 높게 솟구친 말 위에 탄 그의 모습은 그대로 전장의 화신이었다. 그의 말에 호응한 조선 기병이 호기롭게 소리치며 곡도를 휘둘렀다.

"와!"

"죽여라!"

전장의 분위기가 급격히 쏠렸다.

그러나 무려 이십여만의 격돌이었기에 전투는 한 번으로 끝나지 않았다. 한 번 격돌한 양군은 잠시 물러서서 진용을 새로 구축했다.

그리고 다시 격돌이 진행되었다.

거듭 진행되는 격돌로 피해는 급격히 불어났다. 양군은 이번 전투가 어떠한 의미를 갖고 있는지 너무도 잘 알고 있었다.

양측 모두 한 치도 물러서지 않고 사생결단의 각오로 싸웠다. 그러나 격돌이 거듭될수록 전황은 급격히 조선 기병으로 쏠렸다.

청군도 나름대로 분전은 했다.

그러나 박격포와 소총을 앞세운 조선 기병의 압도적인 화력을 당해 낼 재간이 없었다. 세 번째 격돌에서 청국 기병은 결국 무릎을 꿇고 말았다.

선봉은 항상 홍경래였다.

전투가 벌어지면 홍경래는 언제나 악귀처럼 싸웠다. 그렇게 정신없이 싸우던 세 번째 격돌의 어느 순간 그의 주변에서 적이 없어졌다.

그가 급히 주변을 둘러봤다. 그런 그의 시선에 보이는 병사들은 전부가 조선 기병이었다.

3번의 격전이 벌어진 벌판에 사상자들이 널려 있었다. 부상자들과 죽어 가는 말의 고통에 찬 신음이 넘쳐 났다.

그런 주변을 둘러보던 그의 가슴속에서 뜨거운 기운이 치솟았다. 홍경래는 그런 기운을 다스리려고 주먹을 불끈 쥐었다.

그러던 그가 칼을 힘껏 들었다.

"우리가 이겼다!"

주변의 조선 기병이 적극 호응했다.

"만세!"

"이겼다!"

"승리했다!"

무려 이십여만 명이 참전한 전투였다.

보병끼리의 전투에서는 수많은 경우의수가 발생한다. 더구나 20만 병력이 투입되면 전투는 며칠 동안 진행될 수밖에 없다.

그러나 기병은 다르다.

기병 격돌은 짧은 시간에 결말이 난다. 그런 기병 전투가 한나절 동안 벌어진 경우는 거의 없다.

그런데도 한나절이나 걸렸다.

그것도 양군 모두 정면 대결을 피하지 않고 벌어진 격돌이었다. 그럼에도 한나절이나 진행되었다는 사실은 그만큼 치열했으며 병력도 많았다는 뜻이다.

훗날 이 전투는 황하대전으로 불리게 된다.

막강한 화력과 새로운 전술은 기병 전투 방식에 일대 변환점이 되었다. 그런 황하대전에서 조선군이 청국 기병을 압살한 것이다.

그리고 홍경래가 영웅이 되었다.

의외의 상황

　기병사령부는 초조하게 결과를 기다리고 있을 본진으로 전령부터 보냈다. 그러고는 날이 어두워지기 전에 서둘러 병력부터 점검했다.

　조철상이 보고를 받으며 안색을 흐렸다.

　"아군 사상자가 1만 가까이나 된다고?"

　기병참모장이 조심스럽게 보고했다.

　"아쉽게도 전사자가 5천이 넘습니다. 그런데 더 안타까운 것은 중상자가 2천이 넘어서 사망자는 더 불어날 것 같다는 겁니다."

　조철상이 아쉬워했다.

　"참으로 안타까운 일이다. 전쟁에 승리했지만, 희생이 너무 많이 발생했어."

기병참모장이 위로했다.

"사령관님, 너무 상심하지 마십시오. 10만의 정예 청국 기병과 격돌한 전투였습니다. 아군의 피해도 상당하지만, 청군은 9만이 넘는 사상자가 발생했습니다. 포로 중 상당수도 중상자여서 사상자는 훨씬 더 늘어날 것이고요."

기병1군단장도 거들었다.

"사상자가 많은 건 안타까운 일입니다. 그러나 10만의 적과 정면 격돌을 한 전투치고는 나름대로 선방했습니다."

이어서 2군단장도 합세했다.

"사상자가 많이 발생했지만 그들의 희생 덕분에 승리를 할 수 있었습니다. 그러니 사상자들을 위해서라도 내일 날이 밝는 즉시 전 병력을 동원해 청국 황실을 추적해야 합니다."

조철상도 서둘러 마음을 추슬렀다. 그러고는 두 명의 군단장의 말에는 적극 동조했다.

"두 분의 말씀이 맞네. 아직 해가 저물지 않았으니 기왕이면 병력 점검을 미리 마칠 수 있도록 휘하 여단을 독려해 주게."

"알겠습니다."

두 군단장이 서둘러 막사를 나갔다.

✽

다음 날 이른 새벽.

"전군! 출발하라!"

조선 기병은 전장을 출발했다. 아직 날이 채 밝지도 않은 새벽이었으나 마음이 바쁜 조선 기병에게 그 정도는 아무 문제도 아니었다.

두! 두! 두! 두!

세자는 청국 황실을 굴복시키고 싶어 했다. 그런데 청국 황실이 황하를 건너게 되면 그런 계획은 상당한 차질을 빚을 수밖에 없었다.

더구나 이리장군부 기병 병력이 청국 황실을 호위하기 위해 내려오고 있는 상황이었다. 그래서 조선 기병은 전력을 다해 추격했다. 그 덕분에 다음 날, 청국 황실이 황하를 도강하기 전 따라잡을 수 있었다.

청국 황실은 경악했다.

금군 10만을 남겨 놓고 떠난 뒤로 거의 쉬지 않고 도주했다. 그런 노력도 헛되이 조선 기병에게 다시 꼬리를 잡히고 말았다.

가경제가 탄식했다.

"아아! 무려 10만이나 되는 금군을 남겨 두었다. 그럼에도 조선 기병이 우리 뒤를 따라왔다는 건 그 병력이 모두 희생되었다는 말이 아닌가."

가경제가 탄 어가 옆에는 황족과 대신들이 말을 달리고 있었다. 그런 사람들 중에는 영선이 있었다.

영선이 권했다.

"폐하! 이대로라면 멀리 가지 못하고 조선군에게 포위될 공산이 큽니다. 허니 일부 병력을 돌려 조선군의 길목을 막게 해 주십시오."

가경제가 크게 놀랐다.

"아니! 2만 명밖에 남지 않은 금군을 또 잘라 낸단 말씀입니까?"

"조선 기병이 바로 뒤까지 추격해 왔습니다. 지금은 그렇게라도 해서 시간을 벌어야 합니다."

가경제가 쉽게 결정하지 못했다.

"무려 10만 금군을 물리친 저들입니다. 그런 조선 기병에 얼마의 병력을 보내야 한단 말입니까?"

"적어도 1만 명 정도는 보내야 합니다."

"10만 병력도 하루를 겨우 버텼을 뿐입니다. 그런데 1만 병력으로 조선 기병을 막을 수 있겠습니까? 그리고 그렇게 병력을 보내 시간을 번다고 해서 우리가 황하를 건널 수 있겠습니까?"

"솔직히 황하를 건너기는 어렵습니다."

"그러면 왜 병력을 잘라 낸단 말입니까?"

"폐하! 이대로라면 벌판에서 조선군에게 발목을 잡히고 맙니다. 그렇게 되면 폐하와 우리 황실은 온갖 어려움을 다 겪어야 하고, 자칫 잘못하다간 사직조차 위태롭게 됩니다."

개혁군주

영선이 손으로 앞으로 가리켰다.

"폐하! 저기를 보십시오."

가경제가 영선의 손끝으로 고개를 돌렸다. 그곳에는 별로 높지 않은 산이 하나 있었다.

다른 지역이었다면 구릉이라 불러도 될 정도의 높이였다. 그러나 주변이 온통 벌판인 상황에서는 그래도 일대를 굽어볼 수 있었다.

"저기는 산이 아니오?"

"그렇습니다. 별로 높지는 않지만 주변에 숲이 우거진 것으로 봐서, 급한 대로 폐하께서 피신을 할 수는 있을 거 같습니다."

가경제가 어리둥절해했다.

"아니! 황하로 가지 않고 저 산으로 피신을 하자고요?"

"그렇사옵니다. 그래야만 조선과 협상이라도 할 수 있습니다. 이대로라면 황하에 가지도 못하고 조선군에 포위될 공산이 큽니다. 그러면 사직이 위태롭사옵니다."

가경제가 장탄식을 했다.

"아아! 형님, 그게 무슨 말씀입니까? 이런 상황에서 협상이라니요. 우리 대청이 속국에 불과한 조선과 무슨 협상을 한단 말입니까?"

영선이 황제를 설득했다.

"폐하. 분하고 원통해도 사직을 지키기 위해서는 그렇게 해야 하옵니다. 폐하의 안위와 사직을 지키기 위해서라면 당장 무엇이라도 해야 하옵니다."

자신의 안위를 들고나오니 가경제도 반대하지 못했다. 그러나 한 가지 이해가 되지 않은 부분이 있었다.

"좋습니다. 사직을 지켜 낼 수 있다면 저들과 협상을 하지요. 그런데 겨우 협상을 하자고 1만 병력을 버리자는 말입니까?"

"지금은 시간이 무엇보다 중요합니다. 만일 그러지 않으면 곧 조선군에 덜미를 잡히고 맙니다. 그리되면 더 험한 치욕을 당할 수도 있사옵니다. 그것도 폐하께서 직접 말입니다."

가경제의 안색이 창백해졌다.

"그, 그렇게 할 수는 없지요."

영선은 거듭 다그쳤다.

"폐하! 시간이 없사옵니다. 하오니 사태를 직시하시고 서둘러 칙허해 주십시오."

가경제가 이를 악물었다.

"그렇게 하십시오."

영선이 급히 군기대신을 불렀다.

"경은 지금 즉시 1만 병력을 추려 조선군의 공세를 막도록 하시오."

군기대신의 안색이 파랗게 변했다.

지금 시점에서 조선 기병을 막으라는 건 죽으라는 뜻이나 다름없었다. 영선이 그런 군기대신을 보며 화를 내려다 이내 생각을 바꿔 다독였다.

"조선군과 결전을 벌이라는 게 아니오."

군기대신이 죽었다 살아난 표정을 지었다. 그가 눈을 빛내
며 질문했다.

"그러면 무엇을 하라는 겁니까?"

영선이 산을 가리켰다.

"지금으로서는 도저히 황하까지 갈 수가 없소. 그래서 저
산으로 피신을 하려고 하니, 경은 그동안 시간을 벌어 주도
록 하시오."

"시간만 벌면 되는 겁니까?"

"그렇소이다. 그러니 무모하게 조선군과 정면 격돌을 하
지 말고 최대한 시간을 벌도록 하시오."

군기대신의 얼굴에 화색이 돌았다.

"그거라면 충분히 감당할 자신이 있습니다."

"수고하시오. 경의 노력 여하에 따라 폐하의 안위가 달라
집니다."

"염려 마십시오."

군기대신이 급히 말을 몰았다. 그렇게 달려간 그는 이내 1
만 병력을 잘라서 조선군을 막아섰다.

유병호가 손을 들었다.

"전군! 정지하라!"

그의 지시에 깃발이 올랐다.

질주하던 조선 기병이 너무도 능숙하게 군마를 정지시켰다. 놀랍게도 이런 과정에서 단 한 명도 실수하지 않았다.

전력 질주하는 군마를 급히 정지시키는 행위는 고도의 기마술이 있어야 한다. 전방에서 조선 기병의 모습을 본 청국 금군이 크게 놀라며 웅성댔다.

군기대신이 휘하 병력에게 소리쳤다.

"우리는 조선군의 진격을 막기만 하면 된다! 그러니 너무 위축되지 않아도 된다!"

이어서 다른 지휘관들도 병사들을 다독였다. 이런 위무가 이어지면서 청군은 이내 안정을 찾고는 급히 진용을 구축해 나갔다.

❀

조선군의 선봉은 여전히 북방기병여단이었다. 북병기병여단장 유병호가 청국 병력의 배치를 보며 이마를 찌푸렸다.

"저게 뭐야. 저놈들이 우리의 진로를 막으려고 포진을 넓게 하고 있잖아."

선두로 달리던 홍경래가 급히 돌아왔다. 그런 그의 왼팔에는 여러 겹의 붕대가 감겨 있었다.

홍경래는 황하대전에서 자타 공인 전장을 지배했었다. 그러면서 연개소문의 화신이라는 명성도 확실히 얻을 수 있었다.

그렇게 용전분투하면서 참전하다 보니 팔에 큰 자상을 입은 줄도 몰랐다.

　홍경래의 자상은 상당해서, 본래는 부상자로 분류되어야 할 정도였다. 그러나 홍경래는 부상자로 남고 싶지 않았다. 그 자신이 직접 북벌을 마무리하고 싶었다.

　홍경래는 군의관의 만류에도 참전을 강하게 주장했다. 그런 그의 용기를 가상하게 여긴 조철상의 허락으로 이번에 참전할 수 있었다.

　유병호가 그의 팔을 힐끗 봤다.

　"팔은 괜찮아?"

　홍경래가 웃으며 팔을 저었다.

　"걱정하지 않으셔도 됩니다. 의술이 좋아서 그런지, 팔을 움직이는 데 큰 문제가 없습니다."

　"조심해. 요즘은 소독도 철저히 하고 상처도 꿰매는 처치를 해서 그 정도야. 만일 과거였다면 팔을 잘라 냈을 정도로 위중한 상처였어."

　홍경래도 그 점은 인정했다.

　"부상이 의외로 심했다는 사실은 저도 알고 있습니다. 그래서 세자 저하께 마음으로나마 감사 인사를 전했습니다."

　유병호도 동조했다.

　"맞아. 우리가 사용하는 의료 기술도 저하께서 개발하셨지. 그리고 환자들이 먹는 각종 의약품도 마찬가지지."

"맞습니다. 세자 저하께서 개발하신 약을 먹으니 열도 내리고 상처의 통증도 크게 줄어들었습니다."

"다행이구나."

이러던 유병호가 자책했다.

"허! 내가 지금 무슨 말을 하는 거야. 지금 상황에서 이런 한가로운 말을 하고 있다니!"

홍경래가 유병호의 속내를 알아챘다.

"너무 그러지 않으셔도 됩니다. 여단장님께서 일부러 긴장을 풀려고 여담을 하신 것을 우리 모두는 잘 알고 있습니다."

유병호가 무안해했다.

"이런! 말을 하지 않았는데도 알아챈 거야?"

옆에 있던 여단참모장이 거들었다.

"여단장님께서는 수시로 긴장을 풀어 주려고 일부러 여담을 하십니다. 중요한 전투를 앞두고는 더 그러하고요."

유병호가 입맛을 다셨다.

"이거 참. 너무 눈치들이 빨라서 이제는 이런 방식도 써먹지 못하겠네."

홍경래가 궁금했다.

"여단장님. 저들의 병력이 얼마 되지 않는데 왜 걱정이 되십니까?"

유병호가 고개를 저었다.

"저들을 걱정하는 게 아니야. 저 정도 병력이면 우리와 맞싸워서 얼마나 버티겠어. 문제는 저들을 얼마나 빠른 시간에 돌파할 수 있는 거야."

홍경래도 바로 알아들었다.

"청국 황실이 황하를 건너기 전에 추적을 해야 한다는 말씀이군요."

"그래. 저들의 목적은 분명해. 우리와의 결전을 피하면서 시간을 최대한 벌려 할 거야."

여단참모장도 걱정했다.

"맞싸우려는 적보다 그런 적을 상대하는 게 더 피곤하고 힘들기는 합니다."

"그래. 그래서 걱정이야."

홍경래가 고개를 저었다.

"너무 걱정하지 마십시오. 단순하게 생각하면 해답은 의외로 간단합니다."

유병호가 큰 관심을 보였다.

"무슨 좋은 방안이라도 있어?"

홍경래가 청군을 바라봤다.

"저들은 우리와의 격돌을 피하기 위해 산개대형으로 진용을 구축했습니다. 그런 청군을 우리 병력 전부가 상대하지 않으면 됩니다."

유병호의 귀를 쫑긋했다.

"우리는 여단 병력만으로도 저들을 충분히 상대할 수 있습니다. 우리가 저들을 상대하는 동안 남은 모든 병력을 추형으로 해서 일점돌파를 감행하면 됩니다. 그러면 단번에 저들의 의도를 무너트릴 수 있을 겁니다."

유병호가 탄성을 터트렸다.

"아! 그래. 그렇게 주력이 돌파하고서 남은 우리 여단 병력으로 저들을 상대하면 되겠구나."

"그렇습니다. 저들은 우리와 정면 격돌하지 않으려 하고 있습니다. 그런 적을 구태여 모든 병력이 상대할 필요는 없다고 생각합니다."

유병호가 연신 고개를 끄덕였다. 그러던 그가 여단참모장을 바라보자 참모장이 바로 대답했다.

"제가 직접 사령부로 넘어가겠습니다."

"그렇게 해. 한시가 급하니 참모장이 서둘러 다녀오도록 해."

"예, 여단장님."

참모장이 급히 말을 달려갔다.

그런 모습을 바라보던 유병호가 홍경래에게 확인했다.

"홍 대위. 그런데 구태여 우리 여단이 남을 필요가 없는 거 아냐?"

유병호의 질문 의도는 당연히 그렇다는 대답을 듣기 위해서였다. 그런데 놀랍게도 홍경래의 대답은 전혀 달랐다.

"저는 남는 게 좋다고 생각합니다."

유병호의 눈이 커졌다.

"그게 무슨 소리야? 우리는 늘 선봉이었어. 그런 우리 여단이 남아서 잔적을 처리해야 한다는 거야?"

"예, 저는 그렇게 해야 한다고 생각합니다."

유병호의 고개가 저어졌다.

"이해할 수가 없네. 그동안 무조건 선봉을 고수하던 사람이 갑자기 왜 이러는 거야?"

홍경래가 자신의 견해를 밝혔다.

"청국 황실이 저 정도 병력을 남겨 두려는 이유는 분명 시간을 벌기 위해서입니다."

"그거야 누구나 알고 있는 사실이지."

"여기서 황하까지 적어도 하루 이상의 거리가 남아 있습니다. 그런데 저 정도 병력으로 우리를 막아 봐야 얼마의 시간을 벌 수 있겠습니까?"

유병호가 곰곰이 생각하다 소리쳤다.

"아! 그렇구나. 청국은 황하 도강의 시간을 벌려는 게 아니었어. 저 정도로는 아무리 조심한다고 해도 한나절을 버티기도 힘들어."

홍경래가 고개를 끄덕였다.

"맞습니다. 그 정도 시간을 번다고 해서 청국 황실은 절대 황하를 건너지 못합니다. 그리고 설령 황하에 도착한다고 해도 추격해 온 우리 때문에 도강하는 것도 쉽지 않고요."

"당연하지. 황하는 넓어서 부교를 놓는다는 건 거의 불가능해. 그렇다면 배로 건너야 하는데, 황실을 포함한 대규모 피난 인원이 건너기에는 분명 턱없이 부족할 거야."

"맞습니다. 애를 쓴다면 황제와 그 일족의 일부는 어떻게든 황하를 넘을 수 있겠지요. 그러나 그뿐입니다. 주요 황족과 조정 대신들을 대동하지 못한 청국 황제와 일부 황족이 홀로 도강해서 무엇을 하겠습니까? 그리되면 금군 병력도 거의 대동하지 못하게 될 터인데요."

유병호가 격하게 동조했다.

"정확한 지적이야. 이리장군부의 병력이 합류한다고 해도 금군이 아닌 병력은 오히려 화근이 될 가능성이 높지."

"그렇습니다. 금군이 없는 상황에서 도강할 수는 없습니다. 그랬다간 동탁을 불러들여 나라를 결딴낸 후한 황실과 다를 바가 없어지게 됩니다. 그런 상황을 청국 황실은 절대 바라지 않을 것이고요."

유병호가 적극 동조했다.

"충분히 일리가 있는 분석이야. 천도까지 감행하면서 최악의 상황에 직면한 청국 황실이 그런 무리수를 들 수는 없겠지. 만일 그런 상황이 된다면 청국 황실은 오래 견디지 못하고 무너지게 될 거야."

"청국 황실에서도 그러한 상황을 파악할 정도의 경륜을 가진 인물이 있을 겁니다. 그게 아니면 청국 조정 대신 중에서도 있을 것이고요. 그 인물이 누군지 모르지만, 소장과 같은

개혁군주

무관도 하는 생각을 못 할 리는 만무합니다. 청국 황실은 분명 이 주변에 자리를 잡고서 우리와 협상을 시도할 겁니다."

유병호가 멀리 보이는 산에 머물렀다.

"지금으로선 저 산이 가장 유력하겠지?"

홍경래가 동조했다.

"저도 그럴 가능성이 높다고 봅니다. 저의 생각이 맞는다면, 저 산으로 우리 병력이 간다고 해도 전투가 아닌 협상을 위한 포위를 하게 될 것입니다."

유병호도 동조했다.

"그럴 가능성이 높겠지. 홍 대위는 그래서 저들을 처리하고 합류해도 크게 문제가 되지 않는다고 생각한 것이구나."

"예, 여단장님. 오히려 잔적을 정리하는 공을 세울 수 있어서 더 좋다고 생각합니다."

유병호도 즉각 동조했다.

"좋아! 지금까지 우리가 늘 선봉이어서 다른 여단들의 불만이 많았다. 그런 불만을 잠재우겠다고 선봉을 양보하면 사령관님께서도 좋아하실 거야."

유병호가 말고삐를 잡았다.

"내가 직접 다녀와야겠다. 1대대장이 잠시 여단 지휘권을 맡도록 하게."

1대대장이 대답했다.

"예, 알겠습니다."

참모장에 이어 유병호도 달려갔다.

두 사람은 얼마 지나지 않아 함께 돌아왔다. 그렇게 돌아온 유병호가 대대장들을 불렀다.

"우리는 이번에 선봉을 양보한다. 그 대신 다른 1개 여단과 합세하여 전방 병력 섬멸을 전담한다. 그러니 각 대대장은 거기에 맞춰 병력을 재배치하라!"

"예, 알겠습니다."

북부기병여단이 병력을 배치하는 사이 다른 여단도 합세했다. 이렇게 두 여단이 전투를 준비하고 있을 때, 본진도 진형을 재편했다.

조선 기병은 추형으로 재편했다.

전투 중 적을 돌파할 상황에서의 기본 전술은 추형진(錐形陣)이다. 이 진형은 전방이 뾰족한 삼각 형태로 적진을 쪼개는 쐐기 형상이다.

추형은 선봉 부대의 역할이 중요해 가장 돌파력이 좋은 병력이 담당한다. 북방기병여단이 빠진 선봉을 세우느라 병력 편성은 약간의 시간이 걸렸다.

그렇게 편성을 마친 본진이 출발했다.

"전군! 돌격하라!"

조철상의 명령과 함께 진군 깃발이 힘차게 내려졌다. 이어서 진군의 북소리가 울리면서 본진이 지축을 뒤흔들며 출발했다.

두! 두! 두! 두!

기병의 전투력은 추진력에 있다. 마찬가지로 추형도 쐐기 형태여서 무엇보다 추진력이 관건이다.

조선 기병 본진은 처음부터 속도를 높였다. 그런 본진의 진격에 맞춰 북방기병여단도 다른 여단과 보조를 맞춰 출발했다.

청국 금군도 1만에 불과한 병력이지만 최선을 다해 방진을 구축했다. 그런 청국 금군과 조선 기병의 추형진형이 정면으로 격돌했다.

추형과 방진이 격돌하면 상당한 인명 피해가 발생한다. 조선군 본진이 희생을 감수하고 돌파를 감행한 까닭은 적의 허를 찌르기 위함이었다.

청국 금군은 조선군 본진에 맞서 유연하게 수비진형을 운용했다. 이들은 추형과 정면 격돌을 하는 척하며 앞문을 열어 주고는 측면을 공격하려고 했다. 그래야 조선군의 허를 찌르면서 큰 피해를 줄 수 있었기 때문이다.

그러나 이러한 청군의 계략은 북방기병여단에 의해 시도조차 못 했다.

북방기병여단과 다른 여단은 방진을 풀면서 둘로 나뉜 청국 금군을 그대로 덮쳤다.

탕! 탕! 탕! 탕!

조선군 본진도 추형의 선두에서는 소총을 사용했다. 그러

나 후위 병력은 오발의 위험성 때문에 소총을 사용하기 어려
웠다.

그래서 청국 금군은 별다른 인명 피해 없이 진형을 나누면
서 조선군을 막아서려 했다. 이렇게 병력을 분리한 청국의
작전은 최악이 되었다.

지금까지 북방기병여단은 거의 자신들보다 많은 병력과
싸워 왔다. 그런데 이번에는 청군이 나뉜 덕분에 5천도 안
되는 병력만 상대하면 됐다.

청군은 조선군이 병력을 나눠 공격할 거라고는 예상 못 했
다. 특히 자신들만 상대하는 전담부대의 등장에 크게 당황했
다. 조선군의 허를 찌르려다 자신들이 고스란히 표적이 된
것이다.

첫 번째 소총 공격에 천 명 이상이 죽어 나갔다. 이어진 정
면충돌에 청군은 제대로 대응도 못 하고 무참히 갈려 나갔다.

북방기병여단은 청군을 압도했다.

짧은 시간에 대부분의 적군을 살상했으며 아군의 피해도
별로 없었다. 적의 허를 찌른 덕분에 압승한 북방기병여단은
함께한 여단을 지원하기 위해 병력을 몰아갔다.

다른 여단의 전투도 압도적으로 진행되고 있었다. 그런 전
투를 북방기병여단이 지원하면서 이내 끝이 났다.

유병호가 손을 번쩍 들었다.

"적을 압살했다."

"우와!"

"와!"

1만여 명의 병력이 환호했다. 북방기병여단과 다른 여단은 호탕한 기세를 한껏 사방에 표출했다.

전투에 이길 자신은 있었다.

그러나 1만의 적군을 단숨에 쓸어버리는 전과는 예상 밖이었다. 한동안 기세를 올리던 이들은 전장 정리를 위해 일부 병력을 배정하고는 다시 말을 몰았다.

조철상이 환대했다.

"오! 수고했네. 이렇게 빨리 적군을 물리칠 줄은 몰랐어."

유병호가 상황을 설명했다.

"우리 병력이 나뉜 것을 청군이 몰랐던 것으로 보입니다. 그 바람에 준비가 안 된 적을 예상보다 빠르게 정리할 수 있었습니다."

조철상이 거듭 치하했다.

"잘했어. 역시 북방여단의 전투력은 누가 뭐라고 해도 최고야. 덕분에 청국 황실을 더한층 압박할 수 있게 되었어."

유병호가 산으로 고개를 돌렸다.

"청국 황실이 저 산으로 도피했나 봅니다."

"그래, 맞아. 청국 황실이 우리 추적을 뿌리치지 못한다는 판단을 한 거 같아."

"그들로서는 최선을 다한 결정이네요."

"그렇지. 그대로 도주했다간 벌판에서 우리와 만나게 되었을 터이니 말이야. 그런데, 산이 높지는 않은데 의외로 깊어. 그래서 어쩔 수 없이 병력을 분산시켜 포위를 하고 있네."

"저들이 그런 틈을 노리고 돌파를 시도하지는 않겠지요?"

조철상이 고개를 저었다.

"어려운 일이야. 황실을 보호하기 위해 일부러 산을 택한 청나라야. 그런데 그런 이점을 버리고 다시 벌판으로 나가려 하지는 않을 거야. 우리가 항복 협상을 하며 아무리 압박을 한다고 해도 말이야."

"협상을 유리하게 이끌려면 황하 너머의 이리장군부 병력의 황하 도강을 무조건 막아야겠네요."

"당연히 그래야지. 그래서 하는 말인데, 북방여단이 황하 방어를 맡아 주었으면 좋겠어."

유병호가 난색을 보였다.

"황하는 넓고 또 깊니다. 거기다 수많은 피난민이 도강을 시도하고 있고요. 그런 황하를 우리 여단 병력만으로 지켜 내라는 말씀입니까?"

"병력은 걱정하지 마. 이번에 합작한 여단이 도움을 주도록 지시할 거야. 그리고 황하가 아무리 길다고 해도 청국의 이리장군부의 병력은 이 일대로 올 수밖에 없어. 그러지 않고 우회하려 한다면 시간도 도강도 결코 쉽지 않아."

유병호가 확인했다.

개혁군주

"도강하려는 한족들은 그대로 두어야 하겠지요?"

"물론이지. 황하 이북의 한족을 일부러라도 정리해야 하는 우리로서는 더없이 좋은 일이지. 보고에 따르면 황하 일대가 난리도 아니라더군."

유병호가 즉각 호응했다.

"그렇게 하겠습니다. 그런데 항복 협상은 누가 주도합니까? 사령관님께서 주도하시는 겁니까?"

조철상이 고개를 저었다.

"아니야. 협상은 세자 저하께서 주도하실 거야."

유병호의 눈이 커졌다.

"예? 저하께서 직접 나서신다는 말씀입니까?"

"북벌의 대업을 마무리하는 협상이잖아. 당연히 세자 저하께서 직접 협상에 참여하지는 않겠지만 주관은 하셔야지."

기병참모장이 부연 설명을 했다.

"세자 저하께서는 병자호란으로 무너졌던 국가 자존심을 이번에 회복시키려고 하신다네. 더불어 청국과 조선과의 국가관계에 대한 정립도 새로 할 생각이시지."

유병호도 적극 공감을 표시했다.

"당연히 그렇게 해야지요. 이번이 절호의 기회입니다. 그동안 지긋지긋하게 우리를 짓눌러 왔던 대륙 왕조의 종주국 타령과 유생들의 사대모화 구태를 완전히 벗어 내야 합니다."

"당연히 그래야지. 그런 구태를 털어 내야 우리 조선이 진정한 대국으로 거듭날 수 있어."

"그런데 저하께서는 언제 당도하시게 됩니까?"

"우리가 너무 빨리 내려오는 바람에 사흘 정도 기다려야
할 거 같아. 그러니 유 여단장이 병력을 잘 통솔해 이리장군
부의 도강을 철저하게 막아 주도록 하게."

"알겠습니다. 그런데 청국 이리장군부의 도강을 효과적으
로 막기 위해서는 지금이 화력으로는 조금 부족한 면이 있습
니다. 여건이 허락되면 박격포를 추가로 배치해 주셨으면 합
니다."

조철상이 즉각 승인했다.

"알았네. 지금 즉시 각 여단에 통보해 박격포 병력을 차출
해 주겠네."

"감사합니다."

현장에서 황하까지는 하루가 넘는 거리다. 박격포 병력을
지원받은 북방기병여단은 함께 작전을 펼친 여단과 함께 황
하 방면으로 급히 이동했다.

❀

그리고 사흘 후.

마침내 세자가 도착했다. 기병사령관 조철상이 지휘관들
을 대동하고 한참을 나와 영접했다.

"충! 어서 오십시오, 저하."

세자가 기병사령관을 치하했다.

"기병사령부가 큰일을 해 주었습니다. 그대들이 아니었다면 청국 황실이 황하를 넘었을 거예요. 그랬다면 북벌의 마무리는 한참 더 걸렸을 겁니다."

"모두가 장병들의 노고 덕분입니다."

세자도 인정했다.

"맞아요. 여기까지 올 수 있었던 건 우리 장병들의 우국충정 덕분이지요. 그러나 지휘관들의 노고가 없었다면 결코 달성할 수 없는 일이었어요."

"그렇게 말씀해 주시니 감사합니다."

"청국 황실은 어떻게 되었나요?"

조철상이 뒤로 보이는 산을 가리켰다.

"저 산으로 숨어들었습니다."

조철상이 그간의 상황을 설명했다. 설명을 들은 세자가 대번에 파악하고는 문제점을 지적했다.

"항전이 아니라 협상을 위해 산으로 들어간 것이로군요. 그런데 산이 높이에 비해 주변이 넓은 거 같은데 포위는 잘하고 있나요?"

"주요 거점마다 병력을 배치해 두었습니다. 그리고 청국 황실도 협상을 하려고 산으로 들어간 상황이라 무모한 일을 벌이지는 않을 것입니다."

"그렇기는 하지요. 그런데 청국에서 협상 제안을 해 왔습니까?"

조철상이 고개를 저었다.

"아직까지 소식이 없습니다. 저희도 저하께서 오실 때까지 일부러 접촉하지 않고 기다리고 있었습니다."

세자가 고개를 갸웃했다.

"의외로군요. 청국으로서는 서둘러 천도를 해야 민심을 안정시킬 수 있습니다. 그러려면 하루빨리 협상을 마무리해야 하는데, 지금까지 한 번도 사신을 보내지 않았다니요."

세자와 함께 온 백동수가 청국 상황을 짐작했다.

"청국으로서는 지금의 상황이 너무도 곤혹스러울 겁니다. 전쟁이 시작되고 불과 1년도 안 되었습니다. 그런 시점에서 우리와의 관계가 역전되었다는 사실을 쉽게 인정하기 어려울 것입니다. 그리고 협상 대표로 누구를 내세워야 하는지도 문제이고요. 솔직히 청국에서 누가 항복 협상의 대표로 나서려 하겠습니까?"

육군총참모장이 동조했다.

"장관께서 정확한 지적을 하셨습니다. 항복 협상을 위해서는 적어도 육부의 상서가 아니면 내각대학사가 나서야 합니다. 그래야 협상의 격이 맞으니까요. 그뿐만이 아니라 황실의 입장도 대변해야 하니 친왕이나 군왕도 필요하고요. 그런데 문제는 청국의 대신과 황실 종친 중에서 누가 우리와

개혁군주

협상을 하려고 나서겠습니까?"

세자도 동조했다.

"그렇겠지요. 항복 협상을 아무리 잘한다고 해도 그들로서는 치욕스러운 자리임이 분명하지요. 그렇다고 우리가 계속 기다려 줄 필요는 없어요. 그러니 전령을 보내 결정을 재촉하는 게 좋겠습니다."

기병참모장이 나섰다.

"전령으로 소장이 통역관을 대동하고 다녀오겠습니다."

세자가 놀랐다.

"기병참모장이 가겠다고요?"

"아무리 패전을 앞둔 청국이지만 그래도 황제의 나라입니다. 그런 청국을 예우하는 차원에서도 소장이 다녀오도록 하겠습니다."

생각하던 세자가 승인했다.

"그렇게 하세요. 우리가 격식을 갖춰 상대하는 게 저들에게는 그조차도 압박으로 느껴질 수 있을 겁니다. 그리고 기병참모장이 가서서 저들의 실상도 파악해 오면 도움이 될 겁니다. 그러나 청국이 아무리 위축되었다고 해도 자칫 사자에게 위해를 가할 수도 있으니 너무 저들을 자극하지는 마시고요."

"명심하겠습니다."

기병참모장이 나서면서 인원이 늘어났다. 통역관도 두 명으로 늘고, 기록관도 동참하면서 일행은 열 명이 되었다.

기병참모장이 인사했다.

"충! 다녀오겠습니다."

세자가 주의를 주었다.

"조심해야 합니다. 저들이 협상을 하려고 산에 올랐지만 내부 분위기가 어떤지는 전혀 파악이 되지 않고 있어요. 그러니 접촉하다 분위기가 이상하면 무조건 돌아와야 합니다."

"그렇게 하겠습니다."

기병참모장이 산으로 올라갔다.

산으로 올라간 청국 황실은 의외의 상황에 큰 곤욕을 치르고 있었다.

조선 기병의 맹추격을 피하기 위해 최대한 몸집을 가볍게 했다. 도주를 위해 백성도 버렸다.

당장 목숨이 오락가락하는 판국에 귀중품도 짐에 지나지 않았다. 그래서 소지가 쉬운 금은보화를 제외한 모든 짐을 버리면서 몸을 가볍게 만들어 도주했다.

그러나 아쉽게 도주에 실패했다. 황하를 건너기 전에 조선 기병의 추적에 발목을 잡힌 것이다.

어쩔 수 없이 산으로 도주해 협상 여지를 남긴 것까지는 그래도 좋았다.

문제는 2만이 소비해야 할 양곡이 당장 걸림돌이 되었다.

청국 금군은 도주를 하면서도 군마를 이용해 양곡을 챙겼다.

그러나 황실과 다른 사람들은 최소한의 식량만 가져온 상황이었다. 산에 오르면서 식량을 최대한 적게 소비하려 노력했으나 그것도 한계가 있었다.

가경제가 침음했다.

"으음! 식량 사정이 그 정도로 급하단 말인가?"

내각대학사가 몸을 굽혔다.

"조선군의 추격을 뿌리치느라 짐을 버리는 과정에 식량도 대부분 버렸사옵니다. 그 바람에 남은 식량으로는 며칠 버티기 어려울 정도이옵니다."

가경제의 입에서 장탄식이 터졌다.

"허어! 엎친 데 덮친 격이 되었구나. 조선과의 협상도 분명 지난해서 시일이 꽤 걸릴 것이다. 그런데 식량 사정마저 위태롭다니."

영선이 나섰다.

"그나마 다행인 점은 금군이 보유한 양곡이 꽤 되옵니다. 그것을 아낀다면 열흘 정도는 견딜 수가 있을 것이옵니다."

가경제가 고개를 저었다.

"아껴서 열흘이라면 며칠 못 가 식량을 걱정해야 하는 처지는 변하지 않겠군요."

영선의 허리가 크게 숙여졌다.

"그렇기는 하옵니다."

가경제가 주변의 대신들을 돌아봤다.

"당장 이 난제를 어떻게 해결하면 좋겠소?"

이 질문에 누구도 대답을 하지 못했다. 그런 대신들의 침묵에 가경제가 연신 한숨을 쉬었다.

그런데 이때.

예상하지 못한 인물이 나섰다.

"폐하! 불충한 신 기륭이 아뢰옵니다."

기륭은 수석군기대신이다.

수석군기대신은 의정대신으로도 불리며, 청나라의 근간인 팔기를 대표한다. 그런 기륭이 지금껏 나서지 못한 까닭은 그의 주도로 조선과 상해 협상을 진행했기 때문이다.

상무사가 직교역을 시작하면서 거래 물량이 급증했다. 특히 미국 상선을 수장시킨 이후 홍삼과 인삼의 교역량은 폭발적으로 늘어났다.

여기에 각종 공산품이 더해지면서 서양 제국과의 거래를 압도했다. 덕분에 청국의 재정 수익은 크게 증대되었으며, 백련교와의 내전에 따른 전비 충당에 큰 버팀목이 되어 왔다.

이런 상황에서 의정대신 기륭이 탐욕을 부리면서 교역은 위기에 몰렸다. 이때 세자가 상해 개항과 개발을 역제안하면서 상황은 급격히 변화했다.

협상 결과 조선은 상해 독점 개발에 대한 권리를 얻게 되

개혁군주

었다. 그러면서 시작된 상해 교역에서 기륭은 엄청난 뒷돈을 받아 챙겨 왔다.

그러나 이게 화근이 되었다.

조선이 북벌을 시작하면서 기륭은 탄핵 위기에 직면했다. 그는 곧바로 의정대신의 지위를 포함한 전 재산을 내놓으면서 용서를 빌었다.

팔기를 대표하는 그가 먼저 윗옷을 벗고서 죄인을 자청했다. 그런 그를 벌주기에는 황제라도 정치적 부담이 상당했다.

이미 전임 의정대신이었던 화신을 자결시킨 일이 있었다. 그 후 청국의 대신이 뒷돈을 받는 일은 공공연한 비밀이 되어 있었다.

더구나 상해에서 들어오는 세수도 상당하게 많은 상황이었다. 그래서 청국 황제는 그의 재산을 몰수하고는 의정대신의 지위는 유지시켰다.

그러나 전쟁에서 연전연패하면서 기륭은 늘 좌불안석이었다. 언제 황제의 진노가 떨어질지 몰라 지금까지 죽은 듯 지내 왔었다.

그런 기륭이 나서자 가경제도 놀랐다.

"경이 어인 일이오?"

기륭이 옷을 가지런히 하고서 무릎을 꿇었다.

"지난번에 폐하께서 불충한 신을 하해와 같은 황은을 베풀어 주셨습니다. 그러지 않았다면 신은 이미 죽은 목숨이옵니다.

그런 신이 황은에 보답할 수 있을 것 같아서 나섰사옵니다."

가경제가 손을 저었다.

"그만하시오. 이미 지난 일을 다시 거론하는 건 무의미하오. 그보다 무엇을 하겠다는 것이오?"

"지금의 우리에게 가장 필요한 건 식량입니다. 그런데 아쉽게도 이 산에서는 어떻게 해도 식량을 구할 방법이 없습니다."

"그래서 짐이 골머리를 앓는 것 아니오. 그런 사정을 알면서도 나선 것을 보니 혹시 좋은 방안이라도 있는 것이오?"

"지금으로서는 조선과 협상해서 양곡을 받아 오는 게 최선이옵니다."

가경제가 버럭 화를 냈다.

"지금 무슨 말을 하는 거요! 우리 대청이 조선에 구걸하자는 말이오?"

기륭이 착잡한 표정을 지었다.

"그래서 신이 나선 것이옵니다. 우리 중에서 누가 저들에게 사정을 말하며 머리를 숙일 수 있겠습니까? 그리고 지금은 조선과 종전 협상을 앞둔 상황이어서 주요 대신들이 나서는 것은 결코 도움이 되지 않사옵니다."

"……."

가경제가 아무 말을 못 했다.

절대 안 된다는 말을 하고 싶었다. 그러나 당장 며칠이면 양곡이 끊길 수 있는 상황 보고를 받은 처지여서 입이 떨어

개혁군주

지지 않았다.

기륭이 거듭 몸을 숙였다.

"폐하! 신을 보내 주십시오. 신이 황은에 보답하기 위해서라도 기꺼이 치욕을 감수하겠습니다."

황제가 겨우 입을 열었다.

"……꼭 치욕을 감수해야겠소?"

"하겠습니다. 신은 직접은 아니지만 조선의 세자와 이미 거래를 한 경험이 있사옵니다. 그 바람에 본국의 세수도 크게 증대되었지만, 조선도 그 일로 많은 이득을 얻었사옵니다. 신은 그런 거래를 빌미로 조선에 식량 지원을 당당히 요구할 것입니다."

가경제의 눈이 빛났다.

"당당히 요구를 하겠다고 했소?"

기륭이 생각을 밝혔다.

"그러하옵니다. 신이 잠시 재물에 눈이 어두웠던 것은 사실입니다. 허나 신의 도움으로 조선 왕실 상단인 상무사는 엄청난 이득을 얻게 되었습니다. 조선의 세자가 현명한 사람이라면 이번 전쟁의 결과와 관계 없이 그에 대한 대가를 지급해 줄 것이옵니다. 그리되면 구걸하지 않고도 당당히 식량을 얻게 될 수 있을 것이옵니다."

가경제가 고개를 저었다.

"쉽지 않은 일이오. 협상을 위해서라도 우리를 압박해야 하는 조선의 세자는 결코 경의 제안을 받아들이지 않을 것이오."

"그래도 시도는 할 수 있도록 허락하여 주십시오. 그런 시도조차 못 하면 불과 며칠 만에 식량을 구걸해야 하는 어려운 상황에 직면하게 되옵니다. 그때는 살기 위해 구걸을 할 수도 있사옵니다."

가경제는 기륭의 말이 이치에 맞지 않다는 생각이 들었다. 그래서 당장 내치고 싶었다.

그러나 지푸라기라도 잡아야 하는 상황이다 보니 기대감이 생겨났다. 하나 처한 상황이 그대로 드러내는 일이어서 쉽게 결정을 못 했다.

가경제는 고심을 거듭했다. 기륭은 그런 가경제의 결정을 재촉하기 위해 몇 번이나 간청했다.

가경제가 길게 한숨을 내쉬었다.

"후! 참으로 난감한 일이구나."

"폐하! 시간을 끈다고 해서 방안이 나오는 건 아닙니다. 그리고 조선도 우리를 추적해 왔기 때문에 당장 많은 식량을 준비하는 일도 여의치 않사옵니다. 하오니 지금이 아니면 나중에는 정말 문제가 심각해질 수 있사옵니다."

가경제의 머릿속이 번쩍했다.

"맞아! 조선군도 식량이 풍족한 것은 아니지?"

"그렇사옵니다. 만일 신의 제안을 받아들인다 해도, 분명 뒤따르는 보급부대를 기다렸다 지급을 해 줘야 할 것입니다."

가경제의 안색이 더 심각해졌다. 이대로라면 최악의 상황이 도래하는 건 시간문제였기 때문이다.

"으음!"

"폐하!"

"설령 경이 간다고 해도 조선 세자가 만나 준다는 보장이 없지 않은가?"

"조선의 세자는 분명 신의 접견을 받아들일 것입니다. 그러니 그 점은 조금도 걱정하지 마십시오."

　기륭이 너무도 당당하게 대답했다. 그 말을 들은 가경제가 고심하다 결국 승인했다.

"후우! 좋소. 그렇게 해 보시오."

　기륭이 급히 부복했다.

"신의 청을 가납해 주셔서 황공하옵니다. 반드시 조선 세자를 설득해 필요한 양곡을 받아 내도록 하겠사옵니다."

　인사를 마친 기륭은 급히 물러났다.

　그리고 몇 명의 금군과 역관만을 대동하고 산을 내려왔다. 그러던 그는 산을 올라오는 기병참모장 일행과 맞닥뜨렸다.

　기병참모장은 기륭이 협상 대표인 줄 알았다.

　그런데 의외로 세자를 만나 할 이야기가 있다는 말에 잠깐 고심했다. 그러나 이내 생각을 정리하고는 그를 데리고 산을 내려왔다.

용쩍우아

　산을 내려온 기병참모장은 기륭을 막사 밖에서 대기하게
했다. 그러고는 막사로 들어가 세자에게 기륭이 찾아왔다는
보고를 했다.

　세자는 황당했다.

　"청국의 의정대신 기륭이 나를 만나러 왔다고요? 항복 협상
을 하자는 것이 아니라 나를 만나러 왔다고 했단 말입니까?"

　"그러하옵니다."

　"이상한 일이네요. 내가 그를 만날 이유가 없는데 왜 내려
온 것일까요?"

　이원수가 조심스럽게 의견을 냈다.

　"저하, 기륭이라면 연전에 청국 광주의 거래처를 바꾸려

고 했던 자입니다."

"맞아요. 그때 나의 역제안을 받아 상해를 개항시키면서 많은 뒷돈을 받은 인물이지요."

"아마도 그걸 빌미로 저하를 만나려고 하는 건 아닐는지요."

"으음! 그렇다고 해도 이런 상황에서 왜 내려왔을까요. 그가 내려왔다는 건 청국 황제의 승인을 받았다는 말인데……."

"그냥 돌려보낼까요?"

세자가 결정했다.

"아니요. 그를 들여보내세요."

잠시 후.

기륭이 역관과 함께 들어왔다.

막사를 들어선 기륭은 세자에게 다가갔다. 그리고 예의상 관복을 털고 옷을 가지런히 하고는 무릎을 꿇고 두 손을 모았다.

"대청의 의정대신 기륭이 조선의 국본이신 세자께 처음으로 인사를 올립니다."

청국 최고위 대신이 조선의 세자에게 무릎을 꿇고 인사하는 경우는 지금까지 없었다. 그런데도 기륭은 서슴없이 최고의 예를 표시했다.

이런 기륭의 모습에 최고지휘관들은 술렁일 정도로 놀랐다. 그러나 세자는 의연하고 당당한 자세로 그의 인사를 받았다.

개혁군주

"어려운 걸음을 하느라 고생이 많았소. 그만 일어나시오."

기륭은 사은하며 일어났다.

"황감하옵니다."

"청국의 의정대신이 무슨 일로 나를 찾아온 것이오? 혹시 그대가 항복 협상을 주도하기 위해 사전 방문을 한 것이오?"

기륭이 웃으며 두 손을 모았다.

"송구하지만 아닙니다. 외신은 세자께 따로 드릴 말씀이 있어서 찾아뵈었습니다."

외신이란 발언에 또 한 번 최고지휘관들이 놀랐다. 세자도 이번에는 참지 못하고 질문했다.

"놀라운 일이군요. 청나라 의정대신이면 최고 지위의 대신인데, 극상의 예를 표시한 것도 모자라 외신을 칭하다니요?"

기륭이 싱긋이 웃었다.

"조선은 이미 만주와 요동에 이어 북방 초원을 장악했습니다. 거기다 직례를 넘어 황하 일대까지 진출해 있는 상황입니다. 그런 조선의 칭제건원은 너무도 당연한 일 아닙니까?"

이번에는 세자가 크게 놀랐다.

다른 사람도 아닌 청국팔기를 이끄는 수석군기대신이다. 그런 기륭의 입에서 조선의 칭제건원이 나올 줄은 전혀 몰랐다.

주변의 최고지휘관들도 사정은 마찬가지였다. 아니, 너무도 엄청난 발언에 대한 진의를 의심해 총을 빼 들려는 지휘관들도 몇 있었다.

세자가 그런 지휘관을 만류했다.

"모두 진정들 하시오."

육군총참모장이 나섰다.

"저하, 저 사람은 청국팔기를 대표하는 수석군기대신입니다. 그런 사람의 입에서 우리 조선의 칭제건원을 거론하다니요. 무슨 의도로 그런 말을 하는지 저의가 심히 의심스럽사옵니다."

기륭은 역관을 통해 육군총참모장의 말을 전해 들었다. 그런 기륭이 웃으면서 두 손을 모았다.

"여러분이 당연히 그런 의심을 하고도 남습니다. 그러나 한편으로 생각하면 너무도 당연한 일 아닌가요?"

육군총참모장이 이의를 제기했다.

"아무리 그래도 그렇지요. 청국의 의정대신인 분이 그런 말을 서슴없이 할 줄은 몰랐소이다."

기륭이 고개를 저었다.

"그렇지 않습니다. 우리 청국이 지금처럼 누란의 위기에 처하게 된 원인이 바로 현실을 직시하지 못한 때문입니다. 만일 우리가 백련교의 발호에 대해 처음부터 온 국력을 쏟아서 대응했다면 어떻게 되었을까요?"

육군총참모장이 대답했다.

"아마도 백련교도의난은 수습되었겠지요."

"맞습니다. 물론 그 전에 국가 기강이 허물어진 것을 방치

한 것이 근본문제였기는 하지요. 조선을 상대하는 일도 마찬가지예요. 조선이 왕실 직할의 상무사를 설립하면서 국가 발전을 시작했을 때 적절하게 대처했어야 합니다. 그렇다고 해서 조선의 발전을 막지는 못했겠지만, 오늘 같은 상황을 초래하지는 않았을 겁니다."

너무나도 정곡을 찌르는 분석이었다. 그의 말이 이어질수록 막사의 분위기가 급격히 가라앉았다.

세자가 나섰다.

"놀랍군요. 의정대신이 이토록 정확히 상황을 분석하고 있을 줄은 몰랐네요."

기륭이 쓰게 웃었다.

"그래 봐야 무엇을 하겠습니까? 이미 상황은 종료된 거나 마찬가지인데요."

"정녕 그렇게 생각합니까?"

"불과 10년입니다. 우리 청국이 백련교에 허덕이는 그 10년 동안 조선은 이전 시간을 모두 합친 것보다 더 많이 성장했습니다. 백련교를 지원해 주면서 강남에 대한 영향력도 확실하게 확보했고요. 거기다 세자께서 주도하는 국가 발전은 시간이 지날수록 가속화되었고요. 이런 조선의 상승세를 지금의 우리 국력으로는 꺾기가 힘듭니다."

갈수록 가관이었다.

기륭은 너무도 정확하게 조선과 주변 상황을 파악하고 있었다. 그의 설명을 들으면서 세자는 순간적으로 갈등했다.

'탐욕스러운 줄만 알았는데 의외로 보통 인물이 아니구나. 이런 인물이 청국 조정에 있으면 두고두고 화근이 될 수도 있는데, 그냥 이 기회에 제거해 버릴까?'

세자는 이런 생각을 급히 지웠다.

'아니야. 그래선 안 돼. 이 사람이 지금 나에게 자신의 본심을 내비치는 건 분명 이유가 있어서야. 그의 말을 전부 들어 보기도 전에 성급한 결정을 내릴 필요는 없어.'

세자가 속마음을 비쳤다.

"너무도 핵심을 찌르는 말이라 내가 깜짝 놀랐네요. 그런데 의외네요. 보통은 이런 말을 총칼을 마주하고 있는 적에게 하지는 않는데 말입니다."

기륭이 솔직한 상황을 밝혔다.

"국정의 당사자가 아니었기에 다행히 정확한 판단을 할 수 있었습니다. 지난 1년여간 나는 정치 일선에서 완전히 배제되었었지요. 그래서 누구보다 냉철하게 상황을 파악할 수 있었습니다."

"의정대신이면 수석군기대신인데, 그런 고관이 국가 위기 상황에서 배제되다니요. 무슨 일이 있었습니까?"

기륭이 씁쓸한 표정을 지었다.

"상무사와의 거래가 발목을 잡았습니다."

"아! 그랬군요."

"조선이 북침을 시작하고 파죽지세로 진격하자 우리 청국 조정은 완전히 뒤집혔지요. 그러다 조선의 국력이 급격히 신장하게 된 원인이 세자께서 추진하신 국가 발전이라는 것을 알게 되었습니다. 그리고 그런 발전의 원동력이 상무사의 대외 교역이라는 사실도 알려졌고요."

"그랬군요. 그래서 상무사와 거래했던 그대가 정치 일선에서 배제되었군요."

"예, 신은 문제가 발생하자 자수했습니다. 그래서 관직도 내려놓고 전 재산도 포기했지요. 황상께서는 이런 저를 가엽게 여겼는지 재산만 몰수하면서 관직은 그대로 두었고요. 그러나 지금까지 국정에서 완전히 배제된 채 그저 눈뜬 봉사처럼 아무 일도 할 수가 없었습니다."

"그런데 왜 이번에 나서게 된 겁니까?"

기륭이 눈을 빛냈다.

"시세를 아는 게 준걸이라는 말이 있습니다. 세자께서 허락해 주신다면 지금부터 나는 조선에 도움이 되는 일을 해 보고 싶습니다."

세자가 깜짝 놀랐다.

"오늘 기 대인은 여러 번 나를 놀라게 하네요. 청국 의정 대신의 입에서 이런 말이 나올 거라고는 솔직히 예상 못 했습니다."

기륭이 청국 내부 사정을 설명했다.

"우리 황제께서는 화신의 부정부패를 극도로 혐오하셨습니다. 그래서 즉위하셨을 때는 조정 면모를 일신하려고 노력하셨지요. 그러나 화신을 처형하고 난 뒤로는 흐지부지되고 말았습니다. 그 바람에 조정은 부정부패가 다시 만연하게 되었고요."

세자가 정확히 지적했다.

"윗물이 맑아야 아랫물이 맑다고 하지요. 다른 사람도 아닌 최고의 탐관인 화신의 재산을 내탕금으로 빼돌린 황제를 누가 두려워하겠소이까?"

기륭이 깜짝 놀랐다.

"놀랍군요. 그런 사정을 세자께서도 알고 계셨을 줄 몰랐습니다."

"아무리 조심한다고 해도 그런 일은 더 빨리 퍼지는 법입니다."

기륭이 한숨을 내쉬었다.

"후! 안타깝게도 그 황상의 탐욕이 화근이었습니다. 당시 몰수한 화신의 재산을 국고로 환수했었더라면 백련교도의난은 쉽게 진압되었을 겁니다. 그랬다면 오늘날과 같은 최악의 상황은 발생하지도 않았을 겁니다."

여기까지 말을 한 기륭이 눈을 빛냈다.

"그래서 저는 우리 대청의 미래를 위해서라도 조선과 가까워지려고 합니다. 그리고 말은 하지 않지만, 저와 같은 생각을 하고 있는 사람들이 우리 조정에는 의외로 많습니다."

처음 듣는 말이었다. 세자가 큰 관심을 가졌다.

"그래요?"

"예, 그리고 우리가 산에 오르고 난 뒤 조선군이 바로 공격을 해 오지 않더군요. 그것을 보고 알게 되었습니다. 조선이 우리 청국을 완전히 무너트리지 않을 생각을 갖고 있다는 사실을요."

막사의 분위기가 후끈 달아올랐다.

세자도 놀라 눈을 크게 떴으나 기륭이 먼저 말을 이었다.

"아! 그렇다고 너무 걱정하지 않으셔도 됩니다. 이런 생각을 하고 있는 사람은 저를 포함한 극소수에 불과하니까요. 그리고 그들은 전부 저와 뜻을 같이하는 사람들입니다."

이어서 기륭은 청국 황실과 조정의 상황을 상세히 전했다.

세자는 설명을 들으면서 기륭이 갖고 있는 생각을 분명히 알 수 있었다.

"의정대신께서는 우리 조선과 청국과의 가교 역할을 맡고 싶은 거로군요."

"그렇습니다. 그러나 이번에 있을 협상에는 나서지 않을 생각입니다."

"왜 그런 생각을 한 거지요?"

"이번 협상에서 우리 청국은 씻을 수 없는 치욕을 감당해야 할 겁니다. 그런 협상을 외신이 담당한다면 두고두고 문제가 됩니다. 그러니 차라리 뒤로 물러서 있다가 다른 방식으로 귀국에 도움을 드리는 것이 좋습니다."

세자가 바로 알아들었다.

"청국의 내부 사정을 알려 주겠다는 거로군요."

"그렇습니다. 그게 오히려 귀국의 입장에서는 도움이 되실 겁니다."

"그리만 해 준다면 더 바랄 게 없지요."

기륭의 목소리가 낮아졌다.

"그 대신 저희의 노고를 절대 잊지 말아 주셨으면 합니다."

세자는 즉석에서 동의했다.

'그래. 기륭과 같은 자가 많을수록 우리 조선에 도움이 된다. 기왕이면 적극 후원해서 청국 조야에 친조파가 만들어지도록 해 보자.'

"조금도 걱정하지 마세요. 잊지 않는 것은 물론이고, 앞으로 나는 기 대인의 활동을 적극 후원해 주겠습니다."

기륭이 환한 표정으로 두 손을 모았다.

"황감한 하교에 외신은 오직 감읍할 따름이옵니다."

"귀국이 우리와의 항복 협상을 성공적으로 마친다면 서안으로 들어가겠지요. 그런 시기에는 질서도 제대로 잡히지도 않을뿐더러 모든 것이 부족할 거예요. 그러한 시기를 봐서 우리 사람이 의정대신을 찾아갈 겁니다. 그 사람과 앞으로의 일을 논의해 가세요. 기 대인의 운신에 큰 도움이 될 겁니다."

개혁군주

기룡은 조선이 서안으로 천도한다는 사실을 알고 있는 사실에 놀랐다. 그러면서 자신이 직접 조선의 세자를 만나러 온 것에 대해 너무도 잘했다는 생각을 했다.

그가 두 손을 모았다.

"외신은 언제까지라도 조선에 도움이 될 것을 약속드립니다."

"지켜보겠습니다. 그런데 청국 황제에게 무슨 말을 했기에 이렇게 나를 찾아올 수 있었던 겁니까?"

기룡이 산에서의 일을 상세히 보고했다. 그 말을 들은 세자가 파안대소했다.

"하하하! 참으로 기발하네요. 그런 식으로 청국 황제를 설득하다니요."

육군총참모장이 나섰다.

"그만큼 청국 사정이 최악이라는 의미입니다."

기룡이 인정했다.

"예, 앞으로 아낀다고 해도 열흘을 버티기 어렵습니다."

세자가 혀를 찼다.

"쯧쯧! 최악의 상황이로군요."

"맞습니다. 말이 열흘이지 실제는 그보다 훨씬 짧습니다. 그래서 우리 폐하께서 외신을 보낼 용단을 내리신 것이고요."

기룡이 두 손을 모았다.

"외신이 간청을 드리겠습니다. 세자께서 우리 청국을 무너트리지 않으실 거라면 부디 식량 지원을 해 주십시오."

육군총참모장이 이의를 제기했다.

"협상은 상대의 약한 면을 공략해야 성공을 거둘 수 있습니다. 그런데 저들에게 식량을 지원하게 되면 약한 부분이 가려지게 되는 우를 범하게 되옵니다. 차라리 항복 협상을 빨리 시작하면서 저들을 압박하는 게 상수로 생각되옵니다."

기륭이 다시 나섰다.

"귀국에서 협상의 대가로 무엇을 얻으시려는지 모릅니다. 하지만 청국의 현실은 과도한 배상을 할 처지가 아닙니다. 만일 감당할 수 없는 조건을 제시하게 되면 공연히 짐만 지우고 실속은 챙기지 못하면서 원한만 만들게 됩니다. 그리되면 귀국이 바라는 바를 결코 이루지 못하게 될 겁니다. 그러니 부디 현명한 판단을 해 주시기를 바랍니다."

세자도 지휘부도 청국 사정을 어느 정도는 알고 있었다. 그런 상황에서 기륭이 있는 그대로 말을 하니 누구도 반박하지 못했다.

세자가 나섰다.

"기 대인은 우리가 식량을 지원해 주는 게 협상에 유리하다고 생각합니까?"

"그렇습니다."

그가 한동안 자신의 생각을 피력했다. 처음에는 부정적이던 지휘관들도 그의 설명이 이어지면서 하나둘 고개를 끄덕

개혁군주

였다.

세자도 마침내 고개를 끄덕였다.

"좋습니다. 식량을 지원하지요."

기륭이 두 손을 모았다.

"현명한 결정이십니다."

"그러나 청국도 책임져야 할 부분이 있어요."

"말씀해 주십시오. 최대한 들어드릴 수 있도록 황상께 진언하겠습니다."

"협상이 마무리될 때까지 이리장군부 병력의 진군을 막아주세요."

기륭이 깜짝 놀랐다.

"아니, 조선이 그런 사실도 알고 계셨던 겁니까?"

"물론이지요. 그러니 이렇게 기 대인에게 부탁하는 거 아닙니까?"

기륭이 고개를 저었다.

"놀랍습니다. 만일 외신이 오늘 찾아뵙지 않았다면 우리 조정은 엄청난 오판을 할 뻔했습니다."

"청국 조정이 이리장군부의 5만 병력에 큰 기대를 걸고 있었던 거로군요."

세자가 병력의 숫자까지 거론했다.

기륭이 거듭 한숨을 내쉬며 고개를 저었다.

"허허! 조선의 정보력이 실로 대단하군요. 맞습니다. 말은 하지 않고 있지만, 황상을 비롯한 대신들 대부분은 이리장군부의 병력에 대한 기대를 갖고 있었습니다. 그래서 최대한 협상을 끌면서 마지막의 반전을 노리고 있었습니다."

세자가 딱 잘랐다.

"쓸데없는 희망을 품고 있었군요. 우리는 이미 이리장군부 병력이 도강할 수 있을 만한 곳에 병력을 배치해 두고 있지요. 기병 최초로 운용되는 포대도 대거 배치해 두고 있고요."

"허허! 만일 이리장군부의 병력이 무모하게 도강을 했다면 모조리 수장되었겠군요."

"그렇지요. 그리고 설령 대거 우회해서 도강했다 해도 기습효과는 상실되었을 거예요. 우리는 청국 최고의 정예인 금군 병력을 철저하게 무너트린 강병이에요. 그런 우리가 불과 5만의 이리장군부 병력과의 정면 대결에서 밀리겠어요? 설마 청국 황실이 그런 기대를 하고 있는 것은 아니겠지요?"

세자의 자부심에 기륭은 반박을 못 했다. 그리고 이어지는 말에 그는 몸을 부르르 떨었다.

"만약 이 이후로 우리의 경고를 무시하고 이리장군부 병력이 함부로 준동한다면."

세자가 기륭을 노려봤다.

"우리는 이리장군부 병력이 아닌 산에 있는 청국 황실을 먼저 박살 내 버릴 겁니다."

세자의 협박에 기륭이 몸을 떨었다.

"그, 그런 일은 절대 없을 겁니다."

"예, 그래야 할 겁니다. 우리 조선은 약속을 지키지 않는 청국 황실을 지켜 줄 생각은 조금도 없어요. 그러니 청국 황제에게 가서 똑똑히 전하세요. 우리는 청국을 무너트릴 힘이 없어서 협상을 하는 게 아니라고 말입니다."

"……."

"귀국과 본국은 악연으로 시작되었지요. 그것도 무려 100만에 가까운 우리 백성이 희생을 당하면서요. 그러나 그 후부터 청국은 그래도 다른 대륙 왕조보다는 예의를 갖춰서 우리를 상대해 주었습니다. 특히 명나라와는 비교할 수 없을 정도로요. 그래서 그러한 과거의 정리를 생각해 청국 황실을 보존해 주려 한다는 것도 분명히 전해 주세요."

기륭이 식은땀을 흘리며 두 손을 모았다.

"귀국의 배려에 황상을 대신해 감사드립니다."

"그러니 가서 전하세요. 협상은 쉽지 않겠지만 그걸 빌미로 다른 생각을 하지 말라고요. 우리는 지금 기병만 와 있는 상황이에요. 며칠 후에는 30만 병력이 여기까지 내려올 거란 점도 명심하고요."

30만이란 말에 기륭의 안색이 다시 변했다. 그는 두 손을 몇 번이고 흔들면서 다짐했다.

"세자께서 말씀하신 부분을 반드시 황상께 전해 드리겠습니다."

"그렇게 해야 할 겁니다. 그리고 협상이 끝나고도 당분간 황하를 막지 말아요."

기륭의 눈이 커졌다.

"막지 말라니요. 그러면 우리 백성의 도강을 허용해 주신단 말씀입니까?"

"그래요. 귀국의 재건을 지원하기 위해서 우리는 최대한 많은 사람이 넘어가길 바라요. 그게 우리에게도 좋고 귀국에도 좋은 일이니까요."

기륭도 청국 최고의 대신이다. 그래서 세자가 무슨 의도로 이런 말을 하는지 대번에 알아들었다.

"무슨 말씀인지 알겠습니다. 그 부분도 황상께 전해 드리겠습니다. 그런데 식량은 언제쯤 얼마나 지원해 주시겠습니까?"

"산에 있는 사람들이 대략 2만여 명 되지요?"

기륭이 입을 딱 벌렸다. 그러던 그는 고개를 저으면서 믿을 수가 없다는 표정을 지었다.

"믿을 수 없을 정도로 놀라운 정보력이군요. 조선이 우리의 속내를 이토록 속속들이 알고 있을 줄 정말 몰랐습니다."

"절치부심 와신상담했던 시간이 200여 년이나 됩니다. 그 동안 우리가 무엇을 했는지는 설명하지 않아도 잘 알지 않겠어요?"

"초기를 제외하면 조선은 우리 청국에 철저하게 신속해 왔습니다. 너무 의전을 과하게 해서 우리가 일부러 줄이라고 할 정도로요. 외신이 보기에 조선이 지금과 같은 군사력과 정보력을 갖춘 것은 세자께서 계신 덕분인 듯합니다."

세자가 즉답을 하지 않았다.

"그건 별로 중요한 것이 아니니 넘어갑시다. 산에 있는 2만여 명의 식량은 두 번에 걸쳐 공급하지요. 기 대인의 말을 들어 보니 당장 급한 거 같으니 우리 기병이 보유한 식량 중 일부를 제공하고, 보병이 도착하면 추가로 제공하지요."

"그렇게 해 주신다면 외신이 운신하는 데 큰 도움이 될 것이옵니다."

기륭은 거듭 사은한 뒤 돌아갔다.

그가 돌아가자 세자는 급히 지휘관회의를 소집했다. 그 자리에서 식량 지원에 대한 세부 사항을 정리해서는 예하 부대에 전달했다.

❈

기륭이 산으로 돌아오자 청국 황제는 물론이고 조정 중신 대부분이 모여들었다. 그 자리에서 기륭은 세자와 접견했던 내용을 상세히 전달했다.

가경제와 청국 조정 중신들은 설명이 이어질수록 안색이 흐려졌다. 그러다 기륭의 설명이 끝났으나 한동안 누구도 입을 열지 않았다.

그런 침묵을 영선이 깼다.

"허! 듣고도 정녕 믿을 수가 없구나."

기륭도 고개를 저었다.

"신도 처음에는 믿을 수가 없었습니다. 아니, 믿고 싶지 않았습니다. 그러나 지금의 우리로서는 그런 말들이 거론되었다는 사실 자체가 문제가 아니겠습니까?"

"그 말은 옳소. 마지막 희망이었던 이리장군부의 병력까지 알고 있는 조선이라니. 저들의 정보력이 참으로 두렵기 짝이 없구나."

가경제가 한숨을 내쉬었다.

"후! 어쨌든 수고했소. 경의 노고 덕분에 당면한 어려움은 잠시 넘길 수 있게 되었소."

"황감하옵니다."

기륭이 물러서자 내각대학사가 나섰다.

"폐하! 의정대신의 보고에 따르면 마지막 남은 희망이 사라졌습니다. 그렇다면 조선과의 종전 협상을 서둘러 마무리 지어야 하옵니다. 그래야 황실이 안주하게 될 서안의 민심도 안정시키고 훗날도 도모할 수가 있사옵니다."

영선도 거들었다.

"내각대학사의 말이 지당하옵니다. 우리의 마지막 패가 조선에 노출된 마당에 더 지체할 필요는 없다고 생각하옵니다."

개혁군주

가경제도 동조했다.

"그렇겠지요. 그러면 이번 종전 협상을 이끌어 갈 대표로 누가 좋겠소?"

아무도 나서지 않았다.

종전 협상이라고 하지만 사실상 항복 협상이란 걸 모르는 사람은 없었다. 항복 협상은 아무리 능력이 좋다고 해도 결과가 좋게 나올 수가 없었다.

그래서 황족과 대신들은 서로를 바라보며 나서기를 바랐다. 그러나 누구도 자신에게 시선이 집중되는 것을 바라지 않았다.

가경제가 길게 한숨을 내쉬었다.

"하아! 참으로 통탄할 노릇이로다. 나라가 누란지위에 처했는데 아무도 나서려 하지 않는다니. 체면이 나라보다 중요하다는 말인가!"

영선이 바로 나섰다.

"폐하! 용렬하지만 신이 협상에 나서 보겠습니다."

가경제가 고개를 저었다.

"종전 협상입니다. 그런 협상에 황실의 어른이신 형님을 내보낼 수는 없습니다."

영선도 물러서지 않았다.

"황실은 나라의 주인입니다. 그런 황실의 일원인 신이 나라의 어려움을 해결할 협상에 나서는 건 당연한 일입니다."

예부상서가 나섰다.

"폐하! 협상도 일종의 외교이옵니다. 하오니 신이 의친왕 전하를 모시고 조선과의 종전 협상에 나서 보겠사옵니다."

이어서 내각대학사도 나섰다.

"신 육목회도 조선과의 협상에 나서겠습니다."

영선이 먼저 나서자 두 명의 중신도 나섰다.

가경제가 그런 세 명을 하나씩 바라보며 당부했다.

"조선이 우리의 어려운 사정을 알고 있어서 결코 쉽지 않은 협상이 될 것입니다. 그러나 최선을 다해 협상에 임해 주시기 바랍니다. 여러분에게 대청의 미래가 달려 있습니다."

영선이 대표로 나섰다.

"죽을 각오로 협상에 임해 반드시 좋은 결과를 받아 오겠사옵니다."

"부탁드립니다."

　

세 명의 협상 대표가 결정되었다.

청국은 곧바로 산 아래로 전령을 보냈다. 청국의 전령이 도착하자 조선도 협상 대표를 선정했다.

청국과 달리 조선은 세자가 선정했다.

세자가 협상 대표들을 따로 불렀다. 그리고 자신이 갖고 있는 생각에 대해 상세히 설명해 주었다.

설명을 들은 백동수가 놀랐다.

"저하! 저들에게 너무 유리한 조건입니다. 양보를 해 주더라도 최소한 우리가 투입한 전비는 받아 내야 하지 않겠사옵니까?"

육군총참모장도 가세했다.

"옳은 지적입니다. 청국의 사정이 아무리 좋지 않다고 해도 최소한의 배상금은 받아 내야 합니다."

세자가 고개를 저었다.

"그렇지 않아요. 배상은 방금 말한 그 정도면 충분합니다. 지금 상황에서 청국을 너무 압박하면 자칫 나라 전체가 무너질 수가 있어요. 여러분께서는 강남의 송나라가 곧 건국하는 걸 잊으신 건 아니겠지요?"

기병총참모장이 대답했다.

"당연히 잘 알고 있습니다."

"만일 송이 건국하면 청나라의 한족들은 크게 술렁일 겁니다. 그러한 때 우리가 청을 배상금으로 압박한다면 어떻게 되겠습니까?"

백동수의 안색이 심각해졌다.

"저하께서는 청나라에서 민란이 발생할 것을 우려하시옵니까?"

"그렇습니다. 청나라는 물산이 풍부한 강남을 잃게 되었어요. 거기다 북방까지 우리에게 넘겨주면서 영토도, 국력도 형편없이 줄어들었습니다. 우리의 대계를 위해 그런 청나라가 이른 시일에 안정을 찾는 게 좋습니다."

백동수가 곤혹스러운 표정을 지었다.

"청나라가 안정을 찾게 하라는 말씀입니까?"

세자가 세 명을 둘러봤다.

"여러분께서는 용적우아(用敵于我)라는 말을 아시는지요?"

육군총참모장이 바로 대답했다.

"나를 위해 적을 이용한다는 말이 아니옵니까?"

"맞아요."

세자가 유래를 설명했다.

"춘추전국시대 한(韓)의 재상(宰相) 공숙(公叔)은 왕자 궤슬(几瑟)과 권력을 놓고 항상 대립했지요. 두 사람의 그러한 권력 다툼은 궤슬이 국외로 추방되는 것으로 끝났고요. 그러나 공숙은 마음이 놓이지 않아 자객을 보내 궤슬을 암살하려 했었지요. 그때 공숙의 측근이 충고했는데 무어라고 했는지 아십니까?"

육군총참모장이 대답했다.

"태자 백영(伯嬰)이 재상 공숙을 주목하고 있다고 말했습니다. 그러면서 태자는 다음의 보위를 자신이 잇기 위해 왕자 궤슬을 견제해야 하는데 재상이 그 견제 역할을 대신해 왔기에 재상의 자리가 보존되었다고 했습니다. 그런데 왕자 궤슬이 없어지면, 그때는 태자가 마음 놓고 재상을 찍어 낼 것이라고 경고했습니다."

세자가 크게 고개를 끄덕였다.

"바로 그거예요. 궤슬이 존재해야 재상 공숙도 존재할 수 있었던 겁니다. 정적이지만 두 사람은 순망치한(脣亡齒寒)의 관계였던 것이지요. 조언을 듣고 크게 깨우친 공숙은 궤슬 암살 계획을 바로 취소합니다. 여기서 유래된 사자성어가 '용적우아'입니다. 적의 적은 아군이란 의미와도 상통하다고 할 수 있지요."

백동수가 적극 동조했다.

"무슨 말씀인지 알겠습니다. 우리 조선의 궁극의 적은 한족이라는 것을 말씀하시려는 거군요."

"그렇습니다. 강남의 백련이 송으로 건국하면 대륙에는 다시 한족의 나라가 들어서게 됩니다. 송나라가 지금은 우리의 도움을 받아 건국하지만, 한족은 대륙의 주인이라는 의식을 갖고 있습니다. 그런 송나라가 언제 우리의 손을 뿌리칠지 모릅니다. 그런 때를 대비하기 위해서라도 청국을 너무 압박하면 안 됩니다."

모두가 동시에 머리를 끄덕였다.

백동수가 대답했다.

"알겠습니다. 그러나 최대한의 성과를 얻기 위해서는 처음부터 양보하지는 않겠습니다."

세자가 웃었다.

"하하하! 그거야 협상의 묘미이니 대표들이 알아서 하세요. 하지만 우리가 최대한 양보해 주었다는 인식만큼은 반드시 심어 주어야 합니다."

"협상에 임하는 동안 '용적우아'의 고사를 절대 잊지 않겠습니다."

세자가 한 번 더 강조했다.

"이번 항복 협상은 북벌 대업의 대미를 장식하는 일입니다. 적과의 전투에서 사살보다 생포가 어렵다고 했습니다. 마찬가지로 이번 협상은 그런 식으로 진행이 될 수밖에 없을 겁니다. 그러니 세 분께서는 부디 좋은 결말이 나올 수 있도록 노력해 주시기 바랍니다."

"명심하겠습니다."

❀

다음 날.

조선과 청국이 마주 앉았다.

협상 장소는 산 아래에 마련되었다.

조선은 역관과 기록관 등 십여 명의 인원으로 협상에 임했다. 반면 청국은 그동안의 비세를 만회라도 하려는 듯 삼십여 명의 일행을 대동했다.

협상은 서로를 소개하면서 시작되었다. 그렇게 시작된 협상은 처음부터 난항을 보였다.

내각대학사가 얼굴을 붉혔다.

"우리는 항복을 한 적이 없소이다. 그런데 어찌 항복 협상이란 말을 쓰는 것이오?"

육군총참모장이 어이없어했다.

"항복이 아니면 지금 끝까지 가 보겠다는 말인가요? 정녕 우리가 산을 공격해 청국 황제께서 온갖 수모를 당해 봐야 정신을 차리겠소이까?"

영선이 화들짝 놀라며 급히 나섰다.

"고정하시오. 대화를 하다 보면 과한 말이 오갈 수는 있소이다. 그러나 아무리 그렇다고 해서 어찌 우리 황제 폐하의 안위가 거론되는 것이오? 우리 모두 주군을 모시는 입장이니 말은 가려서 하십시다."

육군총참모장이 분명하게 밝혔다.

"이 자리에서 분명히 밝힙니다. 계속해서 귀국이 협상 명칭을 문제 삼는다면 협상은 더 이상 없습니다. 그 대신 그에 합당한 처리를 하고서 다시 만나도록 합시다."

이러면서 내각대학사의 눈을 노려봤다. 활활 타오르는 눈빛에 그의 안색이 해쓱해졌다.

"그렇게 된다면 우리는 지금까지의 선의를 완전히 벗어 버릴 것이오. 그리고 그에 따른 책임은 그대들에게 있다는 점을 분명히 알아 두시오. 어떻게 할 거요?"

청국 협상 대표들의 안면이 일그러졌다. 이들은 붉으락푸
르락하면서도 쉽게 입을 열지 못했다.

백동수가 일침을 가했다.

"작금의 상황까지 왔음에도 아직도 미몽에서 깨어나지 못
하고 있다니, 참으로 안타까운 일이오. 그대들은 정녕 우리
가 아직도 과거의 조선이라고 생각하고 있는 것이오?"

예부상서 고기(高杞)가 나섰다.

"그렇지 않습니다. 우리 대청은 작금의 사태를 겸허히 받
아들이고 있습니다."

"그렇다면 다행이군요. 그리고 그런 마음이라면 인정할 것
은 인정해야 제대로 된 협상을 진행할 수 있는 거 아니오?"

식은땀을 흘리던 내각대학사 육목회가 두 손을 모아 쥐었
다. 그러고는 처음과는 전혀 다른 자세로 공손히 사과했다.

"모두 나의 부덕의 소치입니다. 그러니 조선의 장관께서
는 조금 전의 일을 너그러이 용서해 주시기 바랍니다."

백동수도 흔쾌히 사과를 받아 주었다.

"좋습니다. 그대의 사과를 받아들이지요."

육군총참모장이 나섰다.

"그러면 이번 협상의 정식 명칭을 항복 협상이라고 해도
되겠습니까?"

육목회가 고개를 숙였다.

개혁군주

"······인정합니다."

이어서 협상이 재개되었다.

확실하게 기선을 제압한 조선은 당연히 협상을 주도했다. 그러나 첨예한 사안이 많아 협상 초반부터 격론이 벌어졌다.

협상단은 청국 황제의 삼궤구고두례를 들고나왔다. 그러면서 병자호란 당시 황자였던 청 태종도 조선 국왕의 예를 받은 전례를 제시했다.

청국 대표들은 대경실색했다.

아무리 굴복할 수밖에 없는 항복 협상이라 해도 황제를 무릎 꿇리게 할 수는 없었다. 지금과 같은 내우외환의 청국으로서는 그랬다간 당장 황실의 안위가 문제가 될 수 있었다.

청국 협상 대표들은 온 힘을 다해 막으려 했다. 이들로서는 칼을 물고 죽더라도 받아들이기 어려운 조건이었다.

조선도 청국의 사정을 모르지 않았다.

그럼에도 이런 조건을 제시한 것은 협상을 유리하게 이끌기 위한 고도의 전략이었다. 청국 협상단은 이런 조선의 전략에 처음부터 말려들면서 엄청난 곤욕을 치러야 했다.

이 문제를 두고 며칠의 시간을 보냈다. 그러면서 조선은 여러 양보를 얻어 낼 수 있었다.

가장 큰 성과는 영토 획정이었다.

조선과 청국은 황하를 경계로 한 국경을 합의했다. 여기에 상해 일대와 주산군도를 비롯한 장강 하구의 섬에 대한 영유

권도 획득했다.

조선의 대폭적인 양보도 있었다.

조선은 황하를 일정 기간 개방하기로 했다. 그러는 동안 황하를 도강하려는 한족들에 대해 어떠한 제재도 가하지 않기로 했다.

물론 한 번 넘어간 사람은 절대 돌아오지 못하게 했다. 만일 경고를 무시하고 돌아오면 전부 첩자로 체포하겠다고 했다.

청국은 무조건 받아들였다.

황하 개방은 조선에도 청국에도 큰 도움이 되는 결정이었다. 당장 국가 안정이 시급한 청국은 이러한 조선의 양보에 아주 만족했다.

다음으로는 배상이었다.

백동수의 제안을 들은 영선은 크게 놀랐다.

"정녕 배상의 조건이 그것이 맞습니까?"

"그렇습니다. 서안 방면의 만리장성 너머에는 본래 수해(樹海)라고 불릴 정도로 엄청난 숲이 우거져 있었습니다. 그런 숲을 한나라가 무려 100년이 넘게 베어 내면서 지금과 같은 황무지가 된 것입니다."

영선이 크게 고개를 끄덕였다.

"저도 그랬다는 기록을 읽었습니다. 한나라가 나무를 100년 넘게 벌목한 것은 흉노의 지속적인 침입 때문이지요."

"그렇습니다. 흉노는 고비사막 일대와 오르도스 지역이

개력균국

터전이었지요. 그런 흉노가 틈만 나면 남침을 자행해 한나라를 괴롭혀 왔다는 사실을 알고 계실 겁니다."

영선이 백동수의 말에 동조했다.

"북방 초원 부족의 남침은 늘 대륙의 근심이었습니다. 그런 남침을 막기 위해 전국시대에도 여러 나라가 장성을 건설했고요. 그러다 진시황제가 그런 장성을 연결해 만리장성이 건설되었지요."

"잘 알고 계시네요. 만리장성만으로는 흉노의 기세를 꺾을 수 없었습니다. 그래서 한나라는 건국되고도 늘 침략에 시달려야 했고요. 그러다 한 고조가 거병했으나 참패하여 백등산(白登山)에 고립되었지요. 그런 한 고조는 7일간 버티다 계략을 써서 탈출했지만, 굴욕적인 화친을 맺었고요. 그 후 한나라는 흉노의 남침을 막기 위해 지속적으로 숲을 벌목했으며, 그 바람에 만리장성 북부가 황무지로 변하게 되었고요."

"그렇습니다. 그런데 그렇게 없어진 숲을 조선은 왜 복구하려 하십니까?"

"친왕께서는 해마다 대륙에 황사가 발생하는 사실을 아실 겁니다."

"물론입니다. 봄에 발생하는 황사로 북경은 한동안 곤욕을 치릅니다. 다른 계절에도 수시로 발생하고요."

"그렇지요. 그런데 그런 황사는 우리 조선에까지 넘어와 여러 문제를 일으킨답니다."

"아! 그래서 우리에게 배상 대신 나무를 심으라는 거로군요."

"한나라가 숲을 없애면서 북방 일대는 황폐해졌지요. 그 바람에 고비사막은 급격히 늘어나게 되었고 황사는 시간이 갈수록 심해지고 있지요. 황토고원을 품고 있는 섬서와 산서성도 마찬가지입니다. 이런 지역에 지속적으로 나무를 심어 대륙을 풍요롭게 하자는 겁니다."

"아!"

"귀국과 우리 조선은 다 북방의 후예들입니다. 그런 우리가 대륙을 차지하게 되었는데, 한족의 잘못으로 사막과 황무지로 변한 북방 지역을 그대로 두고 보면 안 되지 않겠습니까?"

영선이 무언가를 생각했다.

"이런 배상은 귀국의 세자께서 선정하신 겁니까?"

"그렇습니다."

"놀랍군요. 전쟁에서 이기면 막대한 배상금을 요구하는 게 상례입니다. 거기에 해마다 많은 공물을 상납받으려고 하는데, 귀국의 세자께서는 생각지도 않은 배상 방식을 제시하는군요."

백동수가 날카롭게 질문했다.

"귀국의 지금 사정으로는 막대한 배상금을 감당하기도 쉽지 않잖습니까?"

영선이 한숨을 내쉬었다.

"후! 그건 그렇습니다. 강남까지 저 모양이 된 지금은 솔직히 무엇 하나 쉬운 게 없는 상황입니다."

"그러시겠지요."

내각대학사가 나섰다.

"너무도 의외의 배상 방법이라 놀랍기 그지없습니다. 제가 알기로 이번 전쟁을 귀국의 세자께서 주도해서 준비해 왔다고 하던데, 그게 사실입니까?"

"그렇습니다. 우리 저하께서는 아주 어려서부터 부국강병에 일로매진해 오셨지요."

"아아! 대단하군요."

백동수가 서둘러 정리했다.

"자! 다음으로 넘어갑시다."

"그러시지요."

가장 큰 두 문제가 해결되면서 항복 협상은 점차 막바지로 치달았다. 그러나 협상에 마지막 걸림돌이 아직 남아 있었다.

삼궤구고두례

영선이 난색을 표했다.

"지금 무슨 말씀을 하시는 겁니까? 황자 두 명을 볼모로
보내라니요?"

백동수가 당당히 요구했다.

"과거 우리 조선도 세자와 대군을 보내 귀국의 수도였던
심양에 8년간 머문 적이 있습니다. 그런 전례에 따른 것이니
문제가 될 것은 아니라고 생각합니다. 그리고 두 명의 황자
는 친선 사절입니다."

"아무리 좋은 말로 포장을 해도 달라지지 않습니다. 그리
고 본국의 황자는 세 분뿐인데 어떻게 두 명을 보냅니까?"

"논의를 해 보세요. 그리고 당장 보내면 민심에도 영향이 있을 겁니다. 그러니 귀국이 천도를 마친 내년 초에 보내도록 하세요. 그 정도는 우리가 양보해 드릴 수 있습니다."

영선이 길게 한숨을 내쉬었다.

"후! 시간을 주는 건 고마우나 솔직히 받아들이기 어려운 일입니다."

육군총참모장이 슬쩍 말을 던졌다.

"그러면 황자 한 명과, 황족 중에서 친왕이나 군왕 중 한 명을 보내시지요?"

영선이 한동안 답을 못했다.

"……당장 답을 드리기 곤란하니 황상께 우선 보고를 드려 보겠습니다."

백동수도 한발 물러섰다.

"그렇게 하세요. 그리고 황하가 수시로 범람을 하니 협상이 끝나면 바로 치수 사업을 시작할 겁니다. 그러니 귀측도 거기에 대비해 놓는 게 좋을 겁니다."

영선이 화들짝 놀랐다.

"황하 치수 사업을 시작하겠다니요? 곧바로 말입니까?"

"그렇습니다."

영선이 난색을 보였다.

"우리 청국의 사정이 좋지 않습니다. 이러한 때 막대한 자금이 투입되는 치수 사업을 할 여력이 솔직히 없습니다."

"그래서 미리 말씀을 드리는 겁이다. 그리고 귀국의 사정이 어려우면 우리 쪽의 제방을 먼저 손을 보도록 하지요."

황하는 천정천(天井川)으로 강바닥이 지면보다 높다. 그 바람에 수시로 물길이 바뀌고 범람한다. 역대 대륙 왕조는 이런 황하의 치수 사업에 늘 골머리를 썩여왔다.

황하는 본래 천진 부근에 하구가 있었다.

그러던 황하가 원나라 시절 대홍수로 물길이 크게 변했다. 그렇게 바뀐 황하는 회하(淮河)와 합류해 산동반도 아래로 흐르게 되었다.

이러던 황하가 수백 년 만에 다시 발해만으로 물길이 크게 틀어진다. 이때가 1854년으로 이전과 마찬가지인 대홍수에 의해서였다.

세자는 당연히 황하는 산동반도 위로 흐른다고 생각했었다. 그러다 북벌 준비를 하면서 황하가 지금의 형상인 것을 알고 놀랐다.

세자는 급히 황하 조사를 지시했다.

이러면서 알게 된 사실이 황하의 물줄기는 수시로 변했다는 점이다. 역대 왕조는 이런 황하의 치수 사업에 전력을 기울여 왔으며, 치수에 실패해 왕조가 무너진 적도 있었다.

세자는 대업을 완수하면 황하 치수 사업부터 적극 전개할 결심을 했다. 그래야 나중에 있을 대홍수를 무사히 견딜 수 있고, 황하가 양국의 국경으로 확실히 자리매김할 수 있기 때문이다.

백동수의 제안에 내각대학사가 크게 반발했다.

"그게 무슨 말씀입니까? 귀측만 제방을 높인다면 우리는 어떻게 하란 말씀입니까?"

"귀국의 사정이 어려운 건 알고 있습니다. 그러나 황하 치수 사업은 여러분도 아시다시피 국가 대사입니다. 우리는 귀국이 한동안 치수 사업에 손을 놓았던 것으로 알고 있습니다. 그래서 서둘러 치수 사업을 하려는 것이고요."

내각대학사가 헛기침을 했다.

"험험! 요즘 본국의 사정이 별로 좋지 못했습니다. 그래서 잠시 소홀했던 점은 인정합니다. 그러나 나라가 안정되면 황하 치수 사업을 바로 시작할 터이니 그때까지 기다려 주세요."

육군총참모장이 딱 잘랐다.

"미안하지만 그렇게는 안 됩니다. 곧 장마가 시작됩니다. 10여 년 동안 손을 보지 못한 제방이 언제 무너질지 알 수가 없는 상황입니다. 우리 쪽에서 먼저 급한 지역부터 관리하겠습니다."

황하 치수 사업 문제로 한동안 옥신각신했다.

지금까지의 협상에서 조선은 늘 조금씩 양보해 왔었다. 그러나 황하 치수 문제에 대해서만큼은 절대 물러서지 않았다. 조선의 강경한 태도에 청국 대표들은 놀라면서도 의아해했다.

영선이 나섰다.

"한동안 본국이 치수 사업을 대대적으로 벌이지는 않은 건 맞습니다. 그러나 우리 청국은 하도총독을 별도로 두어 수시로 물길을 관리해 왔습니다. 그런 관리는 내전과는 상관없이 진행해 왔고요. 이러한 사정은 귀국도 알고 있을 터인데, 구태여 무리를 해 가면서 황하 치수 사업을 벌일 필요가 있겠습니까?"

백동수가 사정을 설명했다.

"황하는 이제 양국의 국경이 되었습니다. 그런 황하에 문제가 생기면 책임소재를 따지는데도 상당한 애로가 생깁니다. 그렇다고 황하를 우리에게 오롯이 넘겨줄 수는 없지 않습니까?"

"물론입니다. 대륙의 중심을 흐르는 황하가 없으면 농사를 지을 수가 없습니다."

"그래서 우리가 먼저 치수 사업을 시작한다는 겁니다. 그러니 귀국은 차후에 형편이 풀리는 대로 실시하세요."

청국은 몇 번이고 함께하자는 주장을 펼쳤다. 그러나 조선의 완강한 거절에 청국은 결국 고개를 숙일 수밖에 없었다.

영선이 고개를 숙였다.

"알겠습니다. 황하 치수 사업은 귀국이 먼저 시행하는 것으로 하세요."

"그렇게 하겠습니다. 그리고 사업을 하다 문제점이 발생하거나 문제가 발생할 것으로 의심이 되면 바로 통보를 하지요."

"고맙습니다."

이로써 큰 줄기의 합의는 대충 끝났다.

양측은 며칠 동안 진행된 협상의 초안 작성에 들어갔다. 그런 협상안을 갖고 청국 대표가 돌아가고, 협상단은 협의 사항을 정리해 세자를 찾았다.

내용을 확인한 세자는 만족을 표시했다.

"고생들 하셨습니다. 이 정도면 우리의 요구 사항을 대체로 잘 적용했네요."

백동수가 아쉬워했다.

"저하의 말씀대로 항복 협상을 진행했지만, 배상이 너무 미진한 게 아쉽습니다."

세자가 고개를 저었다.

"전혀 그렇지 않습니다. 5억 장의 황금 유리기와, 1억 장의 금색 벽돌을 받기로 했잖아요. 결코 만만한 물량이 아닙니다. 그걸 3년 만에 굽는 일도 엄청난 인력이 필요합니다."

"새로운 황성을 건축하는 데 큰 도움이 된다는 건 신도 잘 압니다. 그러나 수송은 우리가 배를 제공하기로 하지 않았습니까?"

"우리 황성을 새로 짓는 데 필요한 자재이니 운반은 우리가 하는 게 맞아요. 그리고 식목 사업에 들어가는 공역도 결코 가볍지 않아요."

세자는 장차 큰 골칫거리가 될 황사를 최대한 막고 싶었다. 더하여 이번에 조선의 땅이 된 북방의 사막화를 최대한

억제하고 싶었다.

그래서 금전 배상 대신 만리장성 너머에 매년 10억 그루의 나무를 50년 동안 심으라 했다. 그리고 황토고원에도 같은 양의 나무를 10년간 심도록 했다.

이러한 조선의 요구에 청국은 별다른 이의를 제기하지 않았다. 그들도 황사가 없는 게 좋았으며, 황토고원에도 나무가 많을수록 좋았기 때문이다.

세자가 확인했다.

"삼전도의 비석은 언제쯤 도착하나요?"

육군총참모장이 대답했다.

"위령탑을 세울 오석(烏石)도 가져와야 해서, 7월 중순쯤에야 도착할 거 같습니다."

세자는 병자호란의 치욕을 없애려 했다.

그래서 항복 의식이 거행할 장소에 삼전도비를 조각내 묻고는 그 위에 승전기념비를 세우려 했다. 그러고는 병자호란 때 희생당한 원혼을 위로하는 위령탑도 함께 건립할 예정이었다.

백동수가 의문을 제기했다.

"그런데 이상한 일이 하나 있습니다. 청국에서 자신들의 황릉을 천장(遷葬)해 가겠다는 제안을 하지 않고 있습니다. 저들의 황릉은 어떻게 보면 인질보다 더 좋은 방패막이입니다. 그런데도 거기에 대해서는 일언반구도 거론하지 않고 있습니다."

세자가 웃으며 대답했다.

"하하! 그거야 당연히 자신들이 언젠가 돌아올 수 있다는 착각하고 있기 때문이겠지요."

육군총참모장도 동조했다.

"저도 의문이 많습니다. 만주에 있는 선조의 능도 그렇지만 북경 주변의 능을 누가 관리합니까? 더구나 때마다 제사도 지내야 합니다. 그러려면 최소한 황자나 황족이 능을 찾아야 하고요. 그럼에도 거기에 대해 거론조차 하지 않는 건 솔직히 이해가 되지 않습니다."

세자도 고개를 갸웃했다.

"으음! 제를 지내는 건 문제네요. 아무리 저들이 돌아올 자신이 있다고 해도 몇 년 내에는 어렵다는 걸 모르지 않을 텐데요."

백동수가 문제를 지적했다.

"우리도 그렇지만 청국도 황릉 관리는 국가의 주요 대사입니다. 그런 황릉 관리를 우리가 대신해 줄 수는 없지 않겠습니까? 그렇다고 저들이 임명한 사람을 능지기로 삼을 수도 없는 일이고요."

세자가 고개를 저었다.

"저도 저들이 왜 그 문제를 짚고 넘어가지 않는지는 의문입니다. 그러나 우리가 할 수 있는 일은 없으니 우선은 기다

려 보지요. 청국 황실도 자신들의 선조를 모시는 일을 결코
소홀히 하지는 않을 겁니다."

"알겠습니다."

※

다음 날.

협상이 다시 진행되었다.

청국은 전날 거론되었던 볼모로 셋째 황자인 돈친왕(惇親
王) 면개(綿愷)와 황제의 4촌인 군왕을 선정해서 알려 왔다. 조
선으로서는 누가 오든 관계가 없었기에 이 선정에 일체의 이
의를 제기하지 않았다.

협상 대표들은 그동안 진행된 내용들을 검토해 나갔다. 며
칠 동안 이어 온 협상이었기에 내용에 대한 합의는 쉽게 끝
났다.

합의가 끝나자 양측 서장관이 문서를 작성했다. 협정 문서
는 한글과 한문, 그리고 만주어로 작성했다.

합의문은 대표 6인이 각각 날인했다.

그러고는 기록 화가를 불러 협상 장면을 그림으로 남겼다.
이러한 과정이 진행되는 동안에도 청국 대표들은 황릉에 대
해 일체 입을 열지 않았다.

기록 화가가 나가고 백동수가 입을 열었다.

"항복 의식은 내일 여명과 함께 진행될 예정입니다. 청국에서는 누가 대표로 참석할 겁니까?"

영선이 굳은 표정으로 대답했다

"황상을 대신해 내가 나서기로 했습니다."

"그러시군요. 그러면 귀국 황제께서는 의식에 참여하게 됩니까?"

영선이 고개를 저었다.

"아니요. 참석하지 않습니다. 그 대신 귀국과의 약속대로 모든 황족과 조정 대신들은 빠짐없이 참여할 예정입니다."

"그렇군요."

내각대학사가 부탁했다.

"많은 사람이 참석하는 자리입니다. 혹여 불상사가 일어날 수도 있으니 귀측이 경비에 신경을 써 주시기 바랍니다."

"그 부분은 조금도 걱정 마시오. 내일의 행사는 내가 직접 진두지휘할 거여서 그 어느 때보다 군기가 엄정하게 진행될 겁니다. 무엇보다 우리나라의 국본이신 세자 저하께서 참석하는 자리니만큼 안전은 조금도 걱정하지 않아도 됩니다."

그제야 내각대학사의 안색이 풀렸다.

"장관의 말씀을 들으니 안심이 됩니다."

영선도 두 손을 모았다.

"대청의 황실을 대표해 귀국에 감사드립니다."

항복 협상을 마치면서 청국 대표들은 연신 두 손을 모으며 고마워했다. 조선은 청국과 협상을 하면서 중요한 몇 가지 사항을 양보해 주었기 때문이다.

조선은 항복은 받아 냈으나 형제지교를 맺는 것으로 양보했다. 아울러 연호 사용은 물론 변발과 복식도 인정해 주었다.

황제가 직접 나와 항복 의식을 거행하지 않는 양보까지 했다. 여기에 배상금도 식목 사업으로 대신해서 청국 대표를 놀라게 했다.

그렇다고 양보만 한 것은 아니었다. 받을 것은 확실히 받아 냈다.

국경을 황하로 결정하고, 장성 이북과 몽골 초원을 전부 조선의 영토로 확정했다. 상해 일대와 주산군도 등을 할양받으면서 바닷길을 막아 버렸다.

바다의 귀중함을 모르는 청국은 너무도 쉽게 바다를 버린 것이었다.

그 결과. 서해가 오롯이 조선의 바다가 되었다.

이와 함께 유구왕국에 대한 신속 관계도 자연스럽게 넘겨받았다.

북방도 마찬가지였다.

청국 황제가 갖고 있던 몽골 초원의 가한 지위를 양위(讓位) 받았다. 이러면서 양국이 함께 사신을 파견해 초원에 양위 사실을 알리도록 조치했다.

청국은 북경에 입성하기 전에 몽골 초원부터 평정했다. 그리고 몽골을 형제로 만들어서는 함께 만리장성을 넘었었다.

청국은 이후 몽골 부족을 예우했다.

청국의 역대 황제들은 수시로 목란위장(木蘭圍場)을 찾았다. 그리고 몽골 부족을 불러들여 충성을 맹세받고는 많은 하사품을 수여했다.

목란위장은 본래 몽골 부족의 오랜 사냥터여서 철저하게 개발을 엄금해 왔다. 덕분에 온 사방이 원시림과 호수, 거기에 초원이 어우러져 있다.

이런 목란위장을 몽골 부족이 강희제에게 헌상하면서 황실 전용 사냥터가 된 것이다.

열하에서 얼마 떨어지지 않은 목란위장은 규모도 상당했다. 둘레가 1,300여 리가 되었으며, 전체 넓이가 경기도 정도였다.

청국은 몽골의 자치권을 최대한 보장해 주었다. 몽골 부족은 이러한 청국의 배려에 수시로 병력을 차출해 주면서 충성해 왔다.

세자는 이러한 관계를 잘 알고 있었다. 그래서 만리장성을 넘기 전 몽골 초원부터 장악한 것이다.

그러나 초원을 평정했다고 해서 몽골 부족까지 장악한 것은 아니었다. 몽골 부족은 초원의 율법에 따라 가한(可汗)에게만 충성하기 때문이다. 그래서 세자는 청국 황제에게 가한의 지위만큼은 넘겨받고자 했다.

개혁군주

청국도 몽골의 귀중함을 모르지 않았다. 그러나 지금은 나라 보전이 더 중요한 터여서 어쩔 수 없이 가한의 지위를 넘겨야만 했다.

협정문이 교환되고 청국 대표들이 돌아갔다. 그러나 그들은 마지막 순간까지도 황릉에 대한 문제를 거론하지 않았다.

※

다음 날.

영선을 앞세운 청국 황실과 조정 대신들이 전부 산을 내려왔다. 이들은 조선 기병이 삼엄하게 경비를 서고 있는 장소로 안내되었다.

항복 의식이 거행되는 곳에는 목재로 만든 넓은 단상이 마련되어 있었다. 그런 단상의 가장 높은 곳에는 세자가 앉아 있었다.

세자의 한 칸 아래로 좌우로 이십여 명의 지휘관이 도열해 있었다. 청국 인사들이 세자가 앉아 있는 단상으로 안내되었다.

사회자인 정훈참모가 소리쳤다.

"의식을 행할 청국 인사는 앞으로 나오시오!"

청국 사람들의 시선이 한곳으로 쏠렸다. 시선이 머무는 곳에는 관복을 입고 있는 영선이 있었다.

영선이 눈을 감았다.

'부황의 아들로 태어나 황실 종친으로서 온갖 영화를 누려 왔던 나다. 그런 내가 육십 대가 되어 이런 오욕을 뒤집어써야 한다니 참으로 인생무상이로구나.'

잠깐 사이 만감이 교차했다.

그러나 가경제의 위상을 위해서는 황실 어른이 나서야 했다. 아니, 난감해하는 황제를 대신해 자청해서 오욕을 뒤집어쓰겠다고 했다.

그러나 막상 닥치니 눈앞이 캄캄했다.

'후우! 그래. 이 정도의 치욕은 꿋꿋이 이겨 내야 한다. 그래야 우리가 절치부심해서 빼앗긴 강산을 하루라도 빨리 되찾을 수 있다.'

결심이 서자 눈을 떴다.

그가 한숨을 내쉬었다.

"후!"

그러고는 성큼 앞으로 걸어 나갔다. 대기하고 있던 청국의 환관과 역관이 그를 부축했다.

영선이 정해진 자리에 서니 사회자가 소리쳤다.

"지금부터 항복 의식을 거행하겠습니다. 청국의 황제를 대신한 화석의친왕 영선은 조선의 세자 저하께 예를 표하시오. 배열(排列)!"

영선이 한숨을 쉬고 자세를 바로 했다.

"궤(跪)"

영선이 옷을 털고서 무릎을 꿇었다.

"일고두(一叩頭)"

그가 두 손을 앞으로 내어 바닥을 짚었다. 이어서 이고두, 삼고두의 지시에 따라 공손히 머리를 땅에 세 번 찧었다.

"기(起)"

영선이 일어섰다.

그리고 다시 같은 순서가 반복되고 또 반복되었다. 모두 세 번 무릎을 꿇고 아홉 번 머리를 조아린 것이다.

삼궤구고두례는 극공의 예법이다.

본래는 부처나 신, 가문의 최고 어른에게 올리던 예법이었으나 청국은 이를 황실로 받아들였다. 명나라에도 이런 극공의 예법이 있었는데, 오배삼고지례(五拜三叩之禮)가 그것이다.

청국의 친왕이 조선의 세자에게 극공의 예를 행했다. 아직 칭제건원도 않은 조선이었으나 누구도 영선이 올린 예에 대해 문제를 삼지 않았다.

영선이 예를 마치자 세자가 하문했다.

"청국의 친왕이라고요?"

"그러하옵니다. 선황제 폐하의 팔남으로 화석의친왕 영선이라고 합니다."

"그러시군요."

세자가 지시했다.

"청국의 친왕이라면 앞으로 나와 같은 품계가 된다. 그러니 저분을 이리로 모시도록 하라."

"예, 저하."

비서실장이 내려갔다.

"단상으로 오르시지요. 우리 세자 저하께서 친왕 전하를 모시라고 분부하셨습니다."

영선은 내심 안도했다.

항복했다고 해도 황제를 대신하고 있는 친왕이었다. 그런 자신을 세자가 소홀히 하지나 않을지 은근히 걱정하고 있었기 때문이다.

"감사합니다."

단상으로 올라간 영선은 또 놀랐다. 자신이 오는 것을 기다렸다 세자가 일어났기 때문이다.

"어서 오시지요."

"환대를 해 주셔서 감사드립니다."

세자가 자신의 옆자리를 권했다.

"청국 황실 최고의 어른이라는 보고를 받았습니다. 그런 분을 예우하는 것은 당연히 해야 할 일이지요. 이리로 좌정하십시오."

"감사합니다."

영선이 자리에 앉았다.

그가 자리에 앉을 때까지 기다렸던 세자가 앞으로 나섰다.

"우리 조선은 오늘부터 청국과 형제의 인연을 맺었다. 어제

개혁군주

까지는 총칼을 맞대고 싸우던 적이었으나 오늘부터는 아니다. 그러니 청국에서 오신 분들을 예를 다해 모시도록 하라."

대기하고 있던 참모들이 앞으로 나왔다. 그리고 청국 인사들을 품계에 맞춰 단상으로 안내했다.

청국 고위 인사들은 당황했다.

항복 의식이 거행되고 승전 행사가 열린다는 사실은 알고 있었다. 그런 행사에서는 패전 국가를 비하하는 경우가 보통이었다.

그런데 조선의 세자는 거꾸로 자신들을 예우해 주었다. 이런 배려에 청국 인사들의 꽉 닫혀 있던 마음이 조금은 열렸다.

파격은 또 있었다.

항복 의식에는 의례 승전을 자축하는 대대적인 열병식을 거행한다. 그런데 이상하게도 조선은 전군이 참여하는 장면은 연출하지 않았다.

그러면서 조선군의 보유한 화기도 노출하지 않았다. 그 대신 적절한 숫자의 병력만 참여해 열병식을 거행하면서 축하 행사를 대신했다.

이런 조선군의 조치에 청국의 주요 인사들은 아쉬워했다. 이들은 자신들을 압도했던 조선군의 화기를 직접 보고 싶었다.

그러면서 가능하면 조선군의 화기를 구입하는 방법을 찾아보고 싶었다. 그런데 조선의 조치로 이런 바람은 희망 사항에 그치고 말았다.

승전 축하 행사에서 보유한 화기를 대대적으로 노출하는 경우는 오직 하나다. 압도적인 무력을 선보여 상대의 기를 죽이려는 의도가 그것이었다.

하지만 조선은 구태여 그럴 필요가 없었다.

그렇게 하지 않아도 압도적인 전력으로 이미 소기의 목적은 달성한 상태였다. 그리고 청국이 무기를 개량한다고 해도 그보다 월등한 화기를 개발할 자신이 있었다.

영선도 아쉬움을 갖고 조선 기병의 열병식을 바라보다 눈을 크게 떴다. 그런 그가 세자를 바라보며 질문했다.

"세자께 여쭙고 싶은 게 하나 있습니다."

"말씀해 보시지요."

"보고에 따르면 조선 기병은 놀랍게도 말을 달리면서도 사격을 한다더군요. 우리 기병은 사격은커녕 소총에 장탄하기도 어려운데 말입니다. 그런 사격이 가능한 이유가 저 소총 때문인가 봅니다."

이러면서 기병의 안장을 가리켰다.

세자는 그가 가리킨 곳을 바라보다 쓴웃음을 지었다. 그가 가리킨 기병의 안장에는 당당한 자태로 소총이 꽂혀 있었기 때문이다.

'허! 이거 참. 화기를 되도록 보여 주지 않으려고 했는데, 예리하게 기병소총을 발견했네.'

세자가 순순히 인정했다.

"맞습니다. 본국이 개발한 소총 중에는 따로 기병용으로 개발된 것도 있습니다."

영선이 놀라워했다.

"기병소총을 별도로 제작했다는 말씀입니까?"

"물론입니다. 우리의 소총 중에는 1천 보 밖의 적을 살상할 수 있는 소총도 있습니다. 물론 그 소총은 총신이 길어 혼자서 운용하는 데 어려움이 따르지만요. 그뿐만이 아니라 저격병들이 사용하는 소총도 별도로 개발되어 있지요."

청국 인사들 사이에는 지난번에 찾아와 충성을 맹세했던 기륭도 있었다.

세자의 설명을 들은 기륭은 일부러 놀라워하며 끼어들었다.

"조선의 기술력이 참으로 대단하군요. 그런데 강남의 장발적(長髮賊)들이 사용하는 소총도 조선이 지원을 해 주었다고 하던데, 맞는 말입니까?"

장발적은 본래 1850년대 발흥한 태평천국을 지칭했던 명칭이다. 그런데 백련교가 변발을 폐지하고 머리를 기르면서 이들을 장발적으로 불렀다.

세자는 기륭이 질문한 의도를 알아챘다. 그래서 적당한 대답으로 그의 기를 살려 주었다.

"수석군기대신이어서 그런지 그런 정보에 상당히 빠르시군요. 맞습니다. 본국은 오래전부터 백련교와 거래를 해 왔습니다."

청국 인사들이 크게 술렁였다. 과거였다면 누군가 튀어 일어나 대놓고 질책을 했을 사안이었다.

그러나 자리가 자리인 만큼 누구도 세자의 발언을 문제 삼지 못했다. 그 바람에 기륭의 위상만 훌쩍 올라가는 경우가 되어 버렸다.

개혁군주

포고령 제1호

승전 행사는 짧게 끝났다.

이미 청국은 기울어진 해였다. 그런 청국을 상대로 구태여 무리할 필요는 없었다.

열병식과 간단한 승전 행사가 끝나고 연회장으로 자리를 옮겼다. 세자는 이 연회에서도 영선과 청국 인사들을 환대했다.

세자의 이러한 환대는 의도가 있었다.

'청국이 지금은 우리를 적대하지만, 언제까지 그러지는 못한다. 백련이 건국할 송은 강남의 이점을 등에 업고 청국보다 더 발전하게 될 것이다. 그렇게 되면 청국의 국력은 세 나라 중 가장 처지게 된다. 그런 청국은 송에 먹히지 않기 위해서라도 어쩔 수 없이 우리에게 손을 벌릴 수밖에 없다.'

세자가 조선의 무관들과 어울리고 있는 청국 인사들을 죽 둘러봤다. 그러다 눈이 마주치면 웃으면서 잔을 들어 우호를 표시했다.

세자의 이런 행동에 청국 인사들은 놀라기도 하고 감동하기도 했다. 그러면서 머릿속으로 여러 경우의수를 생각하느라 심사가 복잡했다.

이들은 청국의 위상이 쉽게 회복되지 못한다는 사실을 알고 있었다. 설령 국력이 회복된다고 해도 상당한 시간이 걸릴 거라 예상하고 있었다.

그런데 주변에는 격변이 몰아치고 있었다.

강남에는 송이 건국을 앞두고 있다. 운남의 묘족도 대리국을 건국하려 준비하고 있었다.

이러한 상황에서 조선은 곧 칭제건원을 선포하며 제국으로 거듭난다. 그러면 국력은 지금보다 현저하게 증대될 수 있는 발판이 마련된다.

이런 조선을 당장 어떻게 할 방법이 없었다. 강남의 송이 대규모 도발을 해 오기라도 한다면 자칫 구원을 요청하는 상황이 생길 수도 있었다.

이들은 조선이 일부러 자신들을 무너트리지 않았다는 사실도 알고 있었다. 그래서 연회에 참석하고 있는 청국 인사들의 심사는 더 복잡했다.

연회는 꽤 오래 진행되었지만 누구도 술에 취하지 않았다.

대혁교국

그 대신 조선의 지휘관들과 대화를 나누면서 작은 정보라도 얻으려고 무척 노력했다.

연회는 한나절가량 진행되다 끝났다.

❀

다음 날.

봉쇄해 왔던 산의 포위가 풀어졌다.

준비하고 있던 청국 황실은 이틀 동안 조선군의 호위를 받으며 황하에 도착했다. 황하에는 항복 협상 동안 조선군이 마련해 놓은 선박 수십 척이 대기하고 있었다.

선착장을 이용해 먼저 청국 황제와 황족들이 배에 올랐다. 이어서 청국 조정의 관리들도 차례로 승선했다.

"출항하라!"

황제를 승선시킨 선박이 먼저 출발했다. 그 뒤를 이어서 수십 척이 청국 황족과 관리들을 태우고 일제히 강을 건너기 시작했다.

세자가 강둑에서 도강을 살펴보고 있었다. 이런 세자의 주변에는 많은 지휘관이 모여 있었다.

"청국 황제의 심정은 어떨까요?"

백동수가 대답했다.

"말로 어떻게 표현할 수 있겠습니까? 불과 몇 년 전만 해도 청국 황제는 천하의 주인이었습니다. 그런 청국 황제의 위상이 지금은 바닥이나 다름없게 되었지 않습니까?"

세자가 말을 받았다.

"비참해서 피를 토하고 싶겠지요. 그렇다고 지금 당장은 민심부터 수습해야 할 상황이니 더 미칠 지경이겠지요."

세자의 말을 들은 백동수는 문득 궁금해졌다.

"그런 상황은 누구나 잠시만 생각하면 알게 됩니다. 그런데도 일부러 거론하시다니, 이유가 있으신지요?"

세자가 웃었다.

"하하! 백 장관께서도 바로 알아채시네요. 맞습니다. 내가 일부러 그런 상황을 거론한 건 까닭이 있어서입니다."

세자가 가장 앞에 있는 배를 바라봤다. 그런 배의 갑판에는 청국 황제로 보이는 인영이 서 있었다.

"저기를 보세요. 청국 황제지요?"

백동수가 얼른 망원경으로 살폈다.

"맞습니다. 청국 황제가 몇 명의 황족과 이곳을 바라보고 있사옵니다."

"지금까지는 직접적인 전쟁이었다면 앞으로는 간접 전쟁을 벌여야 해요. 바로 첩보전과 정보전, 그리고 후방 교란도 하며 청국 민심을 끝없이 정탐해야 해요. 그렇게 하면서 청국 황제가 추진하려는 우리와의 전쟁을 미리 차단해야 합니다."

"저들이 끝내 전쟁을 포기하지 않으면 어떻게 합니까?"

세자가 고개를 저었다.

"쉽지 않은 일이에요. 우리를 침략하기 전에 송나라부터 정리해야 하는 문제를, 저들은 결코 쉽게 풀지 못할 거예요. 그리고 설령 송과의 문제를 정리한다고 해도 10년 이상의 시간이 필요할 겁니다."

"첩보전과 교란전을 펼쳐 그 시간을 최대한 늘리라는 말씀이군요."

"맞아요. 저 청국 황제의 용안에 근심이 끊이지 않도록 만들어야 해요. 그런 시간이 길수록 우리 조선의 미래는 더 탄탄해질 터이니까요."

세자가 갑자기 손을 들어 흔들었다.

마치 배웅하는 것 같은 이 행동에 청국 황제와 청국 사람들은 크게 당황했다. 이런 세자의 행동을 본 백동수가 의아해했다.

"저하! 자칫 청국 황제의 분노를 살 수도 있는 일을 왜 하시는지요?"

"청국 황제가 담대한 사람이라면 나의 인사에 답례를 해주겠지요. 그러나 옹졸한 사람이라면 대놓고 이를 갈 것이고요."

세자의 예상대로였다.

청국 황제는 손을 들지 않았다. 그 대신 주변의 측근들과 세자를 가리키면서 뭐라고 떠들었다.

백동수가 너털웃음을 터트렸다.

"허허허! 놀랍사옵니다. 저하의 작은 행동 하나가 향후 적잖은 파문을 불러오겠습니다."

세자가 싱긋이 웃었다.

"청국 황제의 성정이 그만큼 급박해졌다는 의미지요. 대국을 다스렸던 경륜이 살아 있다면 저처럼 행동하지 않았을 겁니다. 청국 황제의 저 행동을 본 청국 관리들은 두고두고 나와 청국 황제를 비교할 겁니다. 그런 비교를 할수록 청국에서는 친조파가 늘어날 것이고요."

"친조파가 늘어날수록 우리의 국익에는 그만큼 도움이 되겠지요."

"물론이지요."

세자는 이후에도 몇 번이나 손을 흔들어 주었다. 그런 세자의 행동에 청국 황제는 시간이 지날수록 격하게 반응했다. 그러한 청국 황제의 반응에 청국 관리들의 안색은 점점 더 흐려졌다.

❀

청국 인사들의 도강을 지켜보던 세자는 돌아와 지휘관회의를 소집했다. 이 회의에는 북경에서 내려온 보병지휘부도 함께했다.

세자가 지도를 보며 직접 설명했다.

"우리는 지금과 같은 상황을 상정한 계획을 이미 수립해 두었습니다. 그래서 보병과 기병을 그 계획에 따라 재편합니다. 먼저……."

조선군은 3개의 성인 직례, 산서, 산동에 각각 군단사령부를 설치했다. 황하 너머 하남성의 일부는 직례가 담당하게 했다.

각 주둔 군단에는 2개의 보병사단과 1개의 기병여단, 그리고 새롭게 재편한 포병여단을 배속했다.

북경에는 3개 주둔 군단을 총괄할 대륙군사령부를 설치했다. 1군으로도 불리게 될 대륙군사령부에는 기병군단을 배속해 각 군단을 지원하게 했다.

북방도 셋으로 나눴다.

요동요서와 몽골, 만주가 그것이었다. 각 지역마다 군단을 설치했으며, 병력은 2개 보병사단과 1개 기병여단이었다.

2군으로도 불리게 될 북방군사령부는 심양에 설치했다. 북방군도 기병군단을 배속해 각 군단을 지원하게 했다.

본토는 3군이 담당하며 중앙군으로 명명했다.

본토도 북부와 중부, 남부로 나뉘어 각각 군단을 두었다. 군단에는 다른 지역과 마찬가지로 2개 보병사단과 1개 기병여단을 배치했다.

조선은 대업이 완성되면 수도를 천도하기로 되어 있었다.

이렇게 세워질 새로운 수도에는 수도경비사령부가, 배도가
될 한양에는 한양경비사령부가 배치되어 방어를 담당하게
했다.

세자의 설명이 이어졌다.

"……이런 식으로 병력을 재편하면 대륙과 북방, 그리고
본토의 육상 방어는 그물망처럼 짜이게 됩니다. 이렇게 되면
각 군마다 잉여병력이 남게 됩니다. 그 병력은……."

세자가 지도의 한 부분을 짚었다.

"바로 이곳 북미 지역으로 배치합니다. 북미 지역은 앞으
로 별개의 작전구역으로 완전히 분리됩니다. 이를 위해 5군
을 창설하며 이를 북미군사령부로 명명합니다."

백동수도 알고 있는 사안이었다.

"그렇게 되면 북미 지역에 대략 십여만 이상의 병력이 배
치됩니다. 계획대로라면 3분의 1은 현역이고 3분의 2가 예비
역으로 구성된 예비사단이 편성됩니다. 그런데 그런 예비사
단을 편성할 정도로 많은 병력이 이주를 신청하겠습니까?"

세자가 크게 고개를 끄덕였다. 그러고는 지휘관들을 죽 둘
러보며 묵혀 두었던 생각을 발표했다.

"아바마마와 나는 북벌에 참전한 모든 장병에 대한 포상을
고심했었지요. 그렇게 고심하던 끝에 우리는 다음과 같은 결
론을 내렸습니다."

세자가 손짓을 했다.

그러자 비서실장이 괘도를 가져와 걸었다.

세자의 손짓에 한 장이 넘어갔다. 괘도에 적힌 글을 본 지휘관들이 크게 술렁였다.

작위 제도
국가유공자 제도

세자가 지휘봉으로 괘도를 짚었다.

"국초까지 우리 조선에는 고려의 제도를 이어받아 공후백의 작위가 있었지요. 그러나 태종께서 명나라에 대한 예의가 아니라며 작위 제도를 폐지하면서 지금처럼 대군과 군, 그리고 부원군 등의 군호가 정착되었습니다. 그런데 대업에 성공한 우리 조선은 칭제건원을 해야 합니다. 그러면서 과거 공후백의 작위를 넘어 공후백자남의 오등작 작위 제도를 부활할 겁니다."

세자가 지휘관들을 둘러봤다.

"여러분은 이번 북벌을 진행하면서 총참모부가 철저하게 공적을 평가 산정하고 있는 사실을 알고 있을 것입니다. 그렇게 철저하게 공적을 평가한 이유가 어디에 있었을까요?"

곳곳에서 탄성이 터졌다.

세자가 말을 이었다.

"맞습니다. 공정한 공적 평가는 새롭게 부활하는 작위 제도의 평가 자료에 반영됩니다."

많은 지휘관이 고개를 끄덕였다. 그러나 공적이 미진했던 지휘관들은 크게 아쉬워했다.

세자가 그런 지휘관들을 바라봤다.

"이번에 공적이 부족했다고 해서 너무 아쉬워하지 않아도 됩니다. 앞으로도 우리는 외세와 싸워야 할 일이 많습니다. 그리고 지금의 강역을 잘 수호하는 것 또한 이번의 공적만큼 중요합니다."

모든 지휘관이 일제히 고개를 끄덕였다. 이들도 창업보다 수성이 어렵다는 사실을 모르지 않았다.

세자가 괘도의 아래를 짚었다.

"이번 대업에 참전한 모든 장병은 국가유공자의 예우를 받게 됩니다. 그런 국가유공자에게는 지금까지 없던 특전이 부여되지요."

세자의 말이 끝나면서 괘도가 넘어갔다.

국가유공자 예우에 관한 법

"지금까지 많은 전쟁이 있었습니다. 그런 전쟁이 끝나면 논공행상은 반드시 시행되었고요. 그러면서 공신이 책봉되었지요. 그런 공신들은 나라로부터 많은 혜택을 받으면서 후손들에게도 큰 복락을 주었지요. 그런데 이런 공신제도는 많은 사람에게 골고루 혜택을 줄 수가 없어요. 지금까지 공신이 된 숫자가 기껏해야 백여 명 남짓이지요. 물론 개국원종공신(開國元從功臣) 같은 경우를 합하면 1천여 명에 이른 경우도 있었지만 극히 드물지요. 그런데 생각해 보세요. 이번 대업에 참전한 장병 중 공을 세우지 않은 장병이 얼마나 되는지요."

백동수가 바로 나섰다.

"없습니다. 비록 공적의 차이는 있을지 모르지만 우리 모두가 합심해서 이룬 성공입니다."

"맞아요. 백 장관이 정확히 말씀하셨어요. 이번 북벌의 대업은 50만 장병이 모두 합심해 노력한 결과입니다. 그런데 과거였다면 주요 지휘관과 조정 대신들만 공신에 책봉되었지요. 물론 원종공신을 만들면 1천여 명이 선정되는 정도일 것이고요."

모두가 고개를 끄덕였다.

"문제는 남은 사람들은 어떻게 되느냐는 거지요. 공적이 부족한 것은 사실이지만, 죽음을 무릅쓰고 대업에 동참했어요. 그런데 누구는 공신이 되고 누구는 그저 동참한 일개 무관에 그친다면 억울하지 않겠어요?"

이 말에도 모두 고개를 끄덕였다.

"그래서 아바마마와 나는 고심 끝에 국가유공자 제도를 만들기로 했지요."

세자가 제도의 당위성에 대해 설명했다. 모두가 동의하는 사항이었기에 참석자들은 열정적으로 설명을 경청했다.

"……그래서 앞으로는 공신의 명칭은 폐지하는 대신 국가유공자로 통일하기로 했지요. 그런 규정에 따라 이번 대업에 참전한 모든 장병은 국가유공자로 예우하게 될 겁니다."

막사의 분위기가 후끈 달아올랐다.

백동수가 바로 문제를 제기했다.

"저하! 나라에서 저희의 우국충정을 높이 산 점에 대해서는 경하할 일입니다. 그러나 명예만으로 모두를 만족시키기에는 문제가 있습니다."

세자도 인정했다.

"그 또한 정확한 지적입니다. 나는 지금도 그렇지만 앞으로도 신상필벌을 분명히 할 겁니다. 그리고 그 일환으로 목숨을 내걸고 대업에 임한 우리 장병들에게 그에 합당한 대가를 지급하려고 합니다."

괘도가 넘어갔다.

괘도에는 국가유공자 시행 방안이 자세히 나열되어 있었다. 그것을 본 참석자들은 하나같이 탄성을 터트렸다.

"우와!"

"대단하다!"

지휘관들은 자신들 중 상당수가 공신이 될 거라 예상하고 있었다. 그렇게 공신이 되면 상당한 보상과 혜택이 따른다는

개혁군주

것도 알고 있었다.

그런데 쾌도의 내용은 생각 이상이었다. 세자가 참석자들의 반응을 보며 웃음을 지었다.

"예상외의 포상인가요?"

백동수가 대답했다.

"솔직히 그렇사옵니다. 저희는 저하께서 이 정도로 준비하셨을 줄은 몰랐습니다."

육군총참모장도 거들었다.

"장관님의 말씀대로입니다. 이번 대업에 성공하면 이전과는 비교할 수 없을 정도로 많은 공신이 배출될 거란 예상을 했습니다. 하나 그렇게 되면 이전보다 공신에 대한 포상이 줄어들어야 하는데, 이건 상상 이상이옵니다."

세자가 웃었다.

"하하하! 그랬군요. 이번 대업까지 포함해 그동안 우리가 획득한 영토가 엄청납니다. 그래서 이번에 선정되는 국가유공자들에게 그 영토를 대대적으로 포상하려고 합니다. 자, 설명하겠습니다. 먼저 일반 사병입니다."

시행 방안은 엄청났다.

국가유공자에 대한 혜택의 기본은 토지 무상 지급이었다. 그리고 그 대상 지역은 북미 지역이었다.

북미 지역에 옥토가 많다는 사실은 소문을 통해 급격히 알려지고 있었다. 특히 루이지애나 지역은 옥토여서 비료를 주지 않아도 될 정도였다.

덕분에 이주 백성들도 크게 늘었다.

이런 북미 지역 이주를 국가유공자 장병이 선택하면 기본적으로 10만 평의 땅을 얻게 된다. 여기에 가족과 전공에 따라 최고 2배까지 얻을 수 있다.

국가유공자 예우에 따라 10년간의 세금이 면제되며, 1년 동안의 양곡도 무상 지급된다. 주택을 지을 목재와 기초 생필품도 무상 지급된다.

여기에 소와 말도 각 2필씩이 제공되어 생산력을 확보할 수 있도록 지원해 주었다. 가히 파격이라 하지 않을 수 없었다.

무관 한 명이 손을 들었다.

"저하! 저희 무관은 바로 전역하는 대상자가 별로 없습니다. 그런 저희도 혜택이 동일한지요?"

"무관들은 당연히 일반 병사들보다 더 많은 혜택이 부여되지요."

이어서 무관들에 대한 특전을 설명했다.

"무관들은 전역 당시 계급에 따라 면적을 추가 산정합니다. 그뿐만이 아니라 20년 이상을 근무하게 되면 만 55세부터 평생 군인연금이 지급됩니다."

세자가 연금에 대해 상세히 설명했다. 설명을 들은 무관들이 크게 술렁였다.

총참모장이 나섰다.

"연금이라니요? 그러면 월급에서 일정액을 매달 적립하면 전역을 해도 월급이 지급된다는 말씀입니까?"

세자가 고개를 저었다.

"월급 전부가 나오지는 않을 겁니다. 그러나 여러분이 가입한 연금은 상무사에 의해 안전한 자산에 투자되기 때문에 절반 이상은 분명 받을 수 있을 겁니다."

누군가 손을 들었다.

"20년의 복무연한을 채우지 못하면 어떻게 됩니까?"

"그런 사람들은 전역과 동시에 자신들이 납입한 금액과 그동안의 이자를 일시불로 받게 됩니다."

"아! 그러면 우리가 넣은 돈은 무조건 보장이 된다는 말씀이군요."

"물론이지요."

세자가 군인연금 운용 방식을 설명했다.

무관들이 월급만으로도 생활할 수 있게 된 건 세자와 상무사 덕분이었다. 그래서 무관들은 세자의 설명에 누구도 이의를 제기하지 않았다.

백동수가 감탄했다.

"놀랍고도 대단한 제도입니다. 매달 적은 돈을 저축해 노후를 보장해 주시다니요. 더구나 당사자가 유고해도 배우자에게 일정 금액을 지급해 주시겠다니 그저 감읍할 따름이옵니다."

세자가 도입 경위를 설명했다.

"우리 조선의 강역은 이전과는 상상할 수 없을 정도로 넓어졌습니다. 그렇게 넓어진 영토를 수호하기 위해서는 무엇보다 강력한 국방력이 있어야 합니다. 그러기 위해서는 여러분들의 헌신이 반드시 필요합니다."

모두가 굳은 표정으로 고개를 끄덕였다.

"그런 여러분에게 나라에서 무엇을 해 주어야 할지 많은 고민을 했습니다. 그런 고민 끝에 나온 것이 국가유공자 제도와 군인연금입니다."

세자의 설명은 한동안 이어졌다.

"……앞으로 나는 다양한 신무기를 개발해 나갈 겁니다. 그러나 아무리 좋은 무기가 있어도 여러분이 있어야만 제대로 빛을 발할 수 있습니다. 지금도 그렇지만 앞으로도 나는 여러분이 이끄는 군을 누구보다 믿을 겁니다. 그리고 그런 군을 위해 내가 할 수 있는 최선을 다할 생각입니다."

세자가 자신들에게 최선을 다한다고 약속했다. 그 말을 들은 지휘관들은 하나같이 감격했다.

백동수가 자리에서 벌떡 일어났다. 그러고는 아무 말 없이 손에 불이 나도록 열렬히 박수를 보냈다.

짝! 짝! 짝! 짝!

모든 지휘관이 일어나 열렬히 박수했다.

이어서 누군가 환호했고 그 환호에 모두가 답하면서 막사의 열기가 사방으로 퍼졌다.

✱

회의를 마친 지휘관들은 신속하게 사방으로 흩어졌다. 직례와 산동 일대로는 조선군이 포진해 들어가고 있어서 배치는 빠르게 진행되었다.

불과 백여만의 만주족이 1억이 넘는 한족을 다스려 왔다. 그렇게 할 수 있었던 원인 중 하나가 만주족이 보유했던 강력한 군사력이었다.

청국은 보유하고 있는 군사력을 대륙 곳곳에 포진시켰다. 주방팔기로 불리는 이 병력은 배치된 지역마다 성을 쌓고 가족들과 함께 거주해 왔다.

그런 주방팔기의 성들이 조선이 황하 이북을 할양받으면서 전부 비워졌다.

비워진 성은 조선군 주둔지로는 그만이었다. 구태여 따로 막사를 짓고 철책을 두를 필요가 없었다.

물론 한족들로서는 조선이 입성했어도 당장은 달라진 것이 없었다. 그저 자신들을 다스리던 만주족이 조선으로 바뀐 것에 지나지 않았다.

그러나 그건 그들만의 착각이었다.

포고(布告)

　이 지역은 청국과의 협의에 의해 조선에 할양되었다. 그러므로
지금부터는 조선이 정한 법과 원칙에 따라 통치한다.

　포고령 제1호

　이 시간부로 청국이 실시하던 변발을 전면 중지한다. 모든 주민
은 포고가 실시됨과 동시에 머리꼬리를 잘라야 한다. 만일 이에 불
응하는 자들은 이유 여하를 막론하고 황하 이남으로 추방한다.

　포고령 제2호

　지금까지 사용하던 만주어의 통용을 일체 금지한다. 모든 공
공문서도 한문과 한글로 병행하며, 만일 이를 어기는 자가 있으
면 이 또한 이유 여하를 막론하고 추방한다.

　세상이 바뀌었다.

　만주족이 대륙을 장악하고 가장 먼저 시행한 일이 변발이
었다. 한족들은 처음 변발에 대해 엄청나게 반발했다.

　그러나 만주족은 강력했다.

　대부분의 한족 풍습은 인정했으나 변발과 변복만큼은 철
저하게 시행해 왔다. 그 결과 변발이 당연해졌으며, 만주족
이 입던 치파오(旗袍)나 창파오(長袍)가 대륙의 복식으로 자리
잡았다.

　변발은 만주족의 고유 전통이었기에 당장 없애기가 쉬웠

다. 현지인인 만주족도 변발 금지에는 대환영을 했다.

그러나 복식은 조금 사정이 달랐다. 개인적으로 비용도 지불해야 할뿐더러, 조선도 아직 개량 복식이 자리 잡고 있는 형편이었다.

그래서 변발은 변화의 상징으로 바로 중지를 시행했다. 그 대신 복식은 개혁의 진행에 맞춰 점진적으로 변화를 추진할 계획이었다.

포고령은 한글과 한문으로만 되어 있었다.

포고령의 제1호는 변발을, 제2호는 만주어 사용을 금지했다. 이런 포고령이 공표되자 주민들은 바로 변화를 실감했다.

그러나 만주족 통치가 200년 가까이 이어져 온 상황이었다. 그랬기에 포고령이 발효되어도 원주민들은 웅성거리면서 변발을 잘라 내지 않았다.

이들도 청국이 조선에 항복했다는 소문은 들어서 알고 있었다. 조선이 청국을 압도했다는 소문도 들었고 실제로도 겪은 사람도 많았다.

그럼에도 아직은 주춤했다.

대륙 주민 상당수는 청국이 이대로 무너지지 않을 거란 생각을 하고 있었다. 그런 생각이 포고령을 바로 시행하지 못하게 했다.

이런 주민들에게 체감할 수 있는 변화가 필요했다. 그리고 그런 변화를 세자가 제공했다.

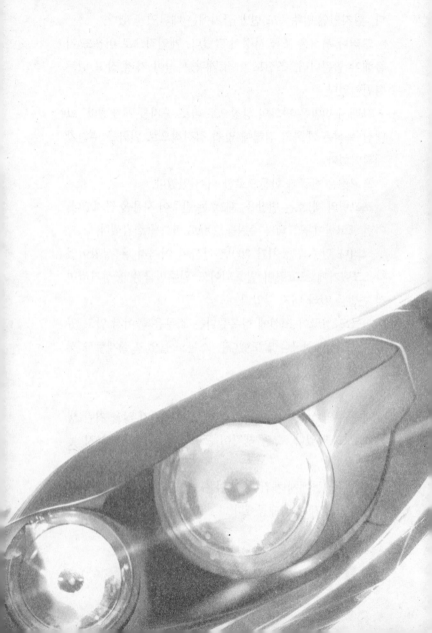

북방과 대륙을 품다!

항복 의식을 마친 세자는 북경으로 회군했다. 세자는 측근
들에게 지시해 돌아가는 길에 주요 도시를 빠짐없이 들렀다.

첫 번째 도시에 입성했다.

도시에 입성하면서 세자는 병력을 풀어 주민을 모으게 했
다. 그리고 역관으로 하여금 청국이 항복했다는 사실을 모두
에게 알렸다.

이어서 한족 관리들을 앞으로 불러냈다.

청국은 이미 각지로 전령을 보내 만주족을 전부 황하 남쪽
으로 불러 내렸다. 세자가 처음 들른 곳은 전장과 멀지 않아
서 청국 관리와 기인(旗人)들은 진즉에 짐을 싼 상태였다.

이런 이주에 한족들도 대거 동참했다.

남은 한족 관리들은 조선이 승리했다는 사실을 전령을 통해 알고 있었다. 그러나 이들도 청국이 다시 돌아올 것에 대비해 최대한 몸을 사렸다.

그래서 조선군이 입성하고 포고령이 선포되어도 누구도 먼저 나서려 하지 않았다. 그런데 조선의 세자가 들어와서는 자신들을 불러내자 하나같이 당황해했다.

세자가 이들을 질책했다.

"우리 조선이 대업을 완수하고 최초로 내린 포고령이다. 그런 포고령의 1호가 바로 변발 금지다. 너희들은 나라의 관리로 당연히 포고령에 가장 먼저 따라야 했다. 그런데도 아직까지 머리를 자르지 않은 건 무슨 까닭이냐?"

한족 관리들은 전전긍긍했다.

관리들은 많은 사람을 상대한다. 그래서 세자가 무슨 의도로 질책하는지 바로 알아들었다.

세자는 누군가 나서서 변명이라도 하라고 기다려 주었다. 그러나 한족 관리 중 누구도 용기를 내지 못했다.

기다리던 세자가 손짓했다.

조선군 병사들이 한족 관리들에게 다가갔다. 그리고 갖고 있던 가위를 앞에 놓고 물러났다.

"우리는 청국과의 협의로 당분간 황하를 막지 않기로 했다. 그 말은 우리의 통치가 싫으면 청국을 따라 도강하는 것을 인정한다는 것이다. 그러니 너희들도 선택해라. 여기서 우리의 통치에 따를 것인지, 아니면 청국을 따라 강을 건널 것인지를. 나도 그렇지만 우리 조선은 너희들이 어떤 선택을 그것을 추궁할 생각이 없다."

누구도 나서지 않았다.

어느 정도 시간이 지나자 관리 한 명이 쭈뼛거리면서 나왔다.

"정녕 소인들의 결정을 추궁하지 않으실 것이옵니까?"

백동수가 나서서 크게 질책했다.

"네 이놈! 감히 우리 세자 저하의 말씀을 의심하다니. 관리라는 자가 장차 대륙의 주인이 되실 분의 말에 함부로 토를 달아도 되는 게냐? 네놈이 정녕 관리가 맞기는 한 거냐?"

백동수의 호통이 장내를 뒤흔들었다.

한족 관리는 식은땀을 흘리며 쩔쩔맸다. 그러던 그는 서둘러 무릎을 꿇고서 두 손을 모아 쥐었다.

"송구하옵니다. 용서해 주십시오. 소인이 불민해 조선의 세자께 결례를 범했사옵니다."

잘못을 비는 건 맞다. 그러나 한족 관리의 말속에는 세자를 마치 이방인 취급하고 있었다.

세자는 그런 한족 관리를 노려봤다.

권력은 기본적으로 공포를 먹고 자란다. 한족 관리가 자신을 저렇게 평가하는 건 아직 공포심이 조성되지 않았다는 의미다.

세자의 목소리가 차가워졌다.

"우리 조선은 이제 이 땅의 주인이다. 그런데 너는 관리로서 가장 기본적인 본분조차 망각하고 있구나. 그런 관리는 우리 조선에도 청국에도 필요 없다. 백 장관님."

"예, 저하."

"감히 나를 능멸하고 나라가 결정한 일에 토를 다는 자를 용서할 수 없습니다. 저자를 어떻게 처벌하면 좋겠습니까?"

백동수가 바로 알아들었다.

"말은 모든 화근의 근원입니다. 그런 근원을 제대로 관리하지 못하는 자는 관리로서도 백성으로서도 하등 필요 없습니다. 더구나 수많은 백성의 안위를 책임져야 하는 관리는 더 말해 무엇 하겠습니까?"

백동수가 관리를 노려봤다.

"저런 자는 즉결 처형해서 앞으로의 귀감으로 삼아야 할 것입니다."

세자가 즉석에서 승인했다.

"그렇게 하세요."

갑작스럽게 처형이 결정되었다. 마른하늘에 날벼락을 맞은 한족 관리가 두려움에 소리쳤다.

"살려 주십시오! 소인이 어리석어 천하의 주인이 되실 분을 알아보지 못했사옵니다! 제발 용서하십시오!"

이 말에 세자는 더 화가 났다.

"네 이놈! 이제야 이 땅의 주인이 누구인지 알겠더냐? 네

놈이 처음부터 나를 온전히 모셨다면 조금 전과 같은 짓은 감히 하지 못했을 거다. 무엇 하느냐? 저놈을 당장 처리하지 않고!"

조선군 지휘관들은 등골이 서늘했다.

세자는 지금까지 늘 냉정하지만 온화하게 모든 일을 처리해 왔다. 북벌을 준비하면서도 모든 일을 솔선수범하면서 만인을 이끌어 왔다.

그래서 사람들은 세자를 현군(賢君)으로 생각해 왔다. 그런 세자가 처음으로 대로하며 불길을 내뿜었다.

그런 서슬에 병사들의 움직임도 빨라졌다.

"살려 주십시오. 잘못했…… 읍읍!"

병사들은 소리치는 한족 관리의 입을 더러운 천으로 틀어막았다. 그리고 광장 한쪽으로 끌고 가서는 기둥에 묶었다.

순식간에 총살할 준비가 끝났다.

"거총!"

"발사!"

탕! 탕! 탕!

무관이 몇 명의 병사를 데리고 나가서는 거침없이 한족 관리를 사살했다. 세자의 명령을 완수한 장병들은 절도 있게 본래의 자리로 돌아갔다.

주민들은 하나같이 몸을 떨었다.

주춤거리던 한족 관리들은 물을 뒤집어쓴 듯 온몸이 땀으로 뒤덮였다.

이들의 마음속에는 조선의 세자를 경시하는 생각이 적잖이 들어 있었다. 그러나 세자의 결단을 보면서 이런 생각을 완전히 떨쳐 냈다. 그렇게 비워진 속으로 공포심이 스멀스멀 자리했다.

세자가 이들을 바라봤다.

"아직도 내 말에 의심이 드는 자가 있느냐?"

한족 관리들이 이구동성으로 소리쳤다.

"없사옵니다!"

"다시 말하겠다. 너희 중 우리의 통치를 따르기 싫은 자들은 청국을 따라도 좋다. 우리는 그런 자들에게 조금의 위해도 끼치지 않을 것이다. 그러니 주저하지 않고 본인들이 가고 싶은 길을 가도 된다. 그러나 무한정 기회를 줄 수 없으니 결정이 되면 서두르는 것이 좋을 것이다."

이 말에 몇 명이 나섰다.

세자는 기다려 주었다. 아무 일도 없는 것을 확인한 다수의 한족 관리들이 동조하고 나섰다.

세자가 다시 강조했다.

"거듭 말하지만, 이 일은 청국과 협의한 사항이어서 절대 보복은 없다. 그러니 주민들도 동참할 생각이 있다면 누구라도 합류하라. 그러나 우리의 통치를 받겠다면 예외 없이 변발과 만주어 사용을 금지해야 한다."

세자가 보복 금지를 거듭 천명했다.

놀랍게도 절반이 넘는 한족 관리들이 여기에 동조했다. 그 것을 본 주민들은 크게 술렁이면서 상당한 숫자가 동조했다.

"황하를 넘겠다는 사람들은 지금 즉시 돌아가 짐을 꾸려 라. 그리고 남은 사람들은 이리 가까이 오라."

잠시 장내가 소란스러웠다. 사람이 나가고 모이는 것을 한 동안 기다렸던 세자가 입을 열었다.

"너희들 중에서도 확실히 마음을 결정하지 못한 사람들이 있을 것이다. 그런 사람들은 장마가 끝나는 8월까지 거취를 결정하라. 그러나 관리들은 이 자리에서 결정해야 한다. 그 러니 한 번 더 심사숙고하라."

세자는 관리들을 한 번 더 다그쳤으며, 그런 다그침에 관 리 몇 사람이 더 빠져나갔다.

세자가 남은 관리들에게 위로와 당부를 했다.

"많은 사람이 빠져나갔다. 든 자리보다 난 자리가 더 표가 난다고 한다. 그만큼 빈자리의 공백 때문에 업무를 보는 데 어려움이 많을 것이다."

한족 관리들은 놀랐다.

조금 전의 냉혹했던 모습과 달리 너무도 자상하게 자신들 을 위로한 것이다. 이런 세자의 위로에 모두들 감격했다.

"국정 운영은 연속성이 있어야 한다. 그러니 힘이 들더라 도 맡은 임무에 최선을 다하라. 나는, 그리고 우리 조선은 최선을 다한 사람들을 결코 소홀히 대하지 않을 것이다. 그리고 당분간은 군정이 실시될 예정이니 현지에 주재하는 부대의 지휘관을 통제에 적극 협조해 주기 바란다."

한족 관리들이 일제히 소리쳤다.

"명심하여 거행하겠사옵니다!"

"일반 백성들은 결정할 시간을 주어야 하니 변발을 그대로 둔다. 그러나 관리들은 예외 없이 이 자리에서 머리꼬리를 자르도록 하라."

한족 관리들이 순간 술렁였다.

그러나 한 관리가 앞으로 나와 가위를 들어 자신의 머리꼬리를 잘랐다. 그것을 신호로 남은 관리들이 다투어 나와 서로의 머리를 잘라 주었다.

변발은 청국의 상징이다.

그런 변발을 자른다는 행위는 돌아올 수 없는 강을 건넌다는 것을 의미한다. 그래서 세자는 몇 번이나 기회를 주면서 자발적 참여를 유도한 것이다.

관리들은 한 나라의 기득권층이다.

이들은 황하만 건너면 여전히 대우받으며 관리로 등용될 수 있다. 그렇기에 그런 관리들이 조선의 통치에 따르겠다는 결심을 한 것 자체가 중대한 의미가 있다.

새롭게 편입된 영토의 원활한 통치를 위해서는 이들의 도움이 절실하다. 세자는 조선의 통치를 받아들인 한족 관리들을 치하하며 연회를 베풀었다.

연회에서 세자는 이들의 신분에 대한 보장을 약속했다. 아울러 조선의 향후 통치 방향을 설명해 주면서 이들을 안심시켰다.

❁

다음 날.

세자가 여정을 시작했다.

전날과 달리 많은 사람이 세자를 환송했다. 그런 사람들 중에는 전날 연회에 참석했던 한족 관리들이 전부 참석해 있었다.

세자는 천천히 북상했다.

세자의 여정은 황하에서 대륙의 중심을 지나는 여정이었다. 그런 노상에는 수많은 도시가 산재해 있다.

세자는 이런 도시들을 차례로 들렀다.

여정에서 조금 비켜났어도 중요한 도시는 반드시 들렀다. 제남(濟南)과 같은 주요 도시는 며칠을 머물면서 민심을 위무했다.

세자는 곡부(曲阜)를 방문해 공자의 묘와 사당에 들러 헌화했다. 세자의 공묘 참배는 유림의 민심을 안정시키는 데 결정적 작용을 했다.

북경까지 이어진 여정 내내 대륙의 시선이 집중되었다. 세자는 열여덟 살이라는 게 믿기 어려울 정도로 놀랍고 파격적이며 역동적인 행보로 대륙의 민심을 휘어잡았다.

세자가 북경에 도착했다.

많은 도시를 들러 위무하며 북상하느라, 북경에 도착하니 벌써 8월이었다. 조선군이 입성하고 벌써 석 달이 넘어가면서 북경에는 벌써부터 변화의 바람이 불고 있었다.

조선군이 입성하기 전 수많은 피난민이 북경을 떠났다. 그럼에도 외성에는 그래도 많은 상인이 남아 있었다.

그러나 내성은 달랐다.

만주족만이 거주할 수 있었던 내성에는 본래 수십만이 거주했었다. 이런 내성이 완전히 비워져서 마치 유령의 도시 같았다.

북경에 도착한 세자는 그런 내성을 둘러봤다. 내성의 남쪽과 북쪽 지역에서는 철거가 대대적으로 진행되고 있었다.

북경에는 동부(東富), 서귀(西貴), 북빈(北貧), 남천(南賤)이란 말이 있다. 동쪽은 부유하고 서쪽은 귀하며 북쪽은 가난하고 남쪽은 천하다는 의미다.

이 말은 명나라 시절 유래되었다.

명나라 시절 황성 동쪽은 대운하로 인해 상인들이 모여들었다. 그래서 대규모 창고들이 모두 운하를 중심으로 위치했다.

서쪽은 황성을 드나들기 편한 곳이다. 황제도 주로 서쪽에서 활동했으며, 유력 귀족들의 저택도 이곳에 몰려 있었다.

이러한 전통은 청나라로 넘어오면서도 크게 바뀌지 않았다. 그 바람에 남쪽과 북쪽 지역의 주거지는 동서에 비해 크게 열악했다.

세자는 북경의 면모를 일대 쇄신할 필요가 있다고 생각했다. 더구나 북경은 앞으로 황도로서의 기능보다 군사와 상업 기능에 주력해야 한다.

그 일환으로 북경 내성의 남쪽과 북쪽 지역의 가옥들을 철거해 군영을 건설하게 했다. 대규모 철거 공사에 청군 포로들이 동원되어 있었다.

세자가 철거 현장을 둘러보다 반가운 사람을 만날 수 있었다. 세자가 주변 사람을 시켜 그를 불러오게 했다.

"오랜만에 뵙습니다, 저하. 상무사 건설부장 유가 진성이 인사 올립니다."

"유 부장, 오랜만이야."

"예, 저하."

"유 부장이 직접 올 줄은 몰랐어."

"내성의 남북 지역을 대거 철거하는 공사입니다. 그래서 제가 직접 넘어오게 되었습니다."

"그렇구나. 그런데 철거되는 폐기물이 상당할 터인데, 어떻게 처리하려고 하지?"

"북경은 평지이지만 의외로 저지대가 많습니다. 특히 대운하가 들어오는 동쪽 일부가 그렇고요. 가옥 등을 철거하면 목재와 벽돌 잔해가 대거 나옵니다. 목재는 쌓아 두었다가 병영 건설 등에 재활용하고, 벽돌 잔해는 전부 매립에 투입할 것입니다. 그렇게 되면 홍수도 예방할 수 있고 대규모 연병장도 쉽게 조성할 수 있습니다."

세자가 탄성을 터트렸다.

"역시 유 부장이야. 건축 폐기물을 그렇게 활용할 생각을 하다니 말이야."

세자의 칭찬에 유진성의 입꼬리가 귀에 걸렸다.

"황공하옵니다."

"그런데 우리 조선이 칭제건원 하면 천도가 계획되어 있다는 사실은 알고 있지?"

"이곳 북경으로 천도하는 것 아닙니까?"

세자가 고개를 저었다.

"아니야. 북경은 앞으로 군사 중심 도시로 발전시킬 거야."

"아! 그렇군요. 그래서 내성의 남북을 평탄화해서 대규모 병영을 만드시는 거로군요. 그러면 자금성과 황성, 그리고 다른 별궁은 어떻게 됩니까? 그대로 존치하는 겁니까? 아니면 새로운 수도로 이전시키게 되옵니까?"

"유 부장은 어떤 게 좋겠어?"

유진성이 펄쩍 뛰었다.

"소인이 감히 참여할 사안이 아니옵니다. 황궁은 나라의 만년대계에 의해 건설되어야 합니다. 그런 일을 결정하는 데 소인이 왈가왈부하는 건 어불성설이옵니다."

세자가 고개를 저었다.

"그렇지 않아. 내가 유 부장에게 묻는 것은 비용을 따졌을 때 어느 게 유리하냐는 거야."

"북경은 대륙의 고도입니다. 그런 고도의 황궁은 유지하는 게 좋다고 생각합니다."

"그렇기는 한데, 관리해야 할 황궁이 너무 많아. 자금성도 그렇지만 자금성을 감싸고 있는 황궁의 규모도 만만치 않잖아. 거기다 별궁의 규모도 엄청나고. 이것들을 유지 관리하는 데만도 막대한 자금이 들어가. 거기다 열하에는 피서산장까지 있잖아."

"우리 조선은 곧 칭제건원을 합니다. 그런 우리는 북경의 황궁 정도는 충분히 유지할 수 있습니다. 그리고 대륙의 통치를 위해서도 북경 황성은 존치하는 게 좋다고 생각하옵니다."

"흐음! 대륙의 통치를 위해서라도 존치를 하는 게 좋다?"

"그러하옵니다. 명나라 이후 무려 500여 년간 북경은 대륙의 경사(京師)였습니다. 그런 북경의 황성을 최대한 잘 보전하는 것 또한 통치의 일환이 아닐는지요."

세자가 크게 고개를 끄덕였다.

"알겠어. 유 부장의 조언을 적극 참고해 볼게."

유진성이 급히 고개를 숙였다.

"미천한 소인의 말에 귀를 기울여 주셔서 감읍하옵니다."

"아니야. 좋은 의견이었어. 유 부장과 같은 사람의 생각이 모이면 여론이 되는 거야. 통치자는 그런 여론에 반드시 귀 기울여야 하는 법이지."

세자는 고생하는 상무사 직원들에게 푸짐한 위로금을 하사했다. 그러고는 자금성의 옆에 있는 중남해의 별궁으로 들어갔다.

별궁 전각에 든 세자는 자금성과 청국 환관을 관리하는 태감부터 불렀다. 세자가 입성했다는 말을 들은 태감은 미리 와서 대기하고 있었다.

세자의 부름에 전각으로 들어온 태감이 오체투지를 했다. 세자는 그런 태감의 과례에 이마를 찌푸렸으나 별말은 하지 않았다.

"저하! 승전을 진심으로 하례드리옵니다."

"고맙네."

"아니옵니다."

"그동안 별문제는 없었는가?"

"조금의 문제도 없었사옵니다."

"다행이구나."

태감이 조심스럽게 입을 열었다.

"저하! 드릴 말씀이 있사옵니다."

세자의 눈이 커졌다.

태감은 지금까지 청국 환관들을 지키기 위해 죽는 시늉까지 해 왔다. 그런 태감이 놀랍게도 먼저 말을 건네려 하고 있었다.

"호오! 조심성 많은 태감이 먼저 말을 걸어오다니. 그래, 무슨 할 말이 있는 건가 들어 봅시다."

세자의 말에 늙은 태감의 허리가 더 굽어졌다. 그런 태감이 조심스럽게 입을 열었다.

"먼저 황하대전의 승리를 진심으로 감축드리옵니다."

"고맙소이다."

"이제 대륙의 주인은 조선이 되셨으니 곧 칭제건원을 해야 합니다. 그래서 드리는 말씀이온데, 천자의 즉위식을 이곳 자금성에서 거행하실 것이옵니까?"

고개를 저으려던 세자가 거꾸로 질문했다.

"태감의 생각은 어디가 좋겠소?"

태감이 급히 몸을 숙였다.

"소인과 같은 환관은 듣는 귀만 열려 있지, 입은 닫혀 있사옵니다."

환관이 정사에 참여할 수 없다는 뜻을 완곡하게 표현했다. 그 말을 들은 세자는 환관을 추궁했다.

"그런데 왜 방금과 같은 질문을 했던 것이오?"

"황공하오나 조선에는 천자의 즉위식을 경험한 분들이 없을 것이옵니다. 그래서 소인들이 미력하나마 도움이 되고자 말씀을 올린 것이옵니다."

그러자 세자는 자책했다.

"그렇구나. 우리 조선에 그런 경험을 가진 사람이 없는 것은 맞아."

"대륙의 주인께서 등극하는 행사이옵니다. 그런 행사는 무엇보다 격식과 품위에 맞게 치러져야 하옵니다."

"북경에 있는 청국 환관 중 경험자는 얼마나 되는가?"

"북경에 남아 있는 환관들은 대부분 나이가 많사옵니다. 그래서 다행히 11년 전의 즉위식을 전부 경험했사옵니다."

"오! 그러면 우리 즉위식에 도움을 줄 수 있겠구나."

"그러하옵니다. 자금성의 서고에는 당시 즉위식에 관한 자료도 충실히 남아 있기도 합니다."

"알겠네."

태감이 물러가자 백동수가 나섰다.

"저하, 새로운 황도를 어디로 정할지를 결정하셨습니까?"

아직 칭제건원 이전이었다. 그럼에도 백동수의 입에서는 황도란 말이 자연스럽게 나왔다.

세자가 고개를 저었다.

"몇 군데 염두에 둔 곳은 있지만 결정하기가 쉽지가 않네요."

"아직 시간은 있으니 심사숙고하십시오."

"그래야지요. 새로운 황도는 만년대업의 터전인데 당연히 그렇게 해야지요."

개혁군주

국왕과 세자는 대업 이후의 수도에 대해 많은 대화를 나누어왔다. 그러나 아쉽게도 어디로 결정하지는 못했다.

의견의 일치를 본 사항은 있었다. 북방과 대륙 영토를 효과적으로 통치하기에는 한양이 너무 치우쳐 있다는 사실이었다.

이 문제를 공론에 부치기에는 문제가 있었다. 경화사족 출신인 조정 대신들은 쉽게 터전을 버리려 하지 않을 것이기 때문이다.

이런 사정은 국왕도 마찬가지였다.

대업의 완성은 쌍수를 들어 환영할 일이다. 그러나 평생을 살아온 한양과 화성을 버리는 결정은 국왕도 결코 쉽게 하지 못했다.

그래서 국왕이 묘안을 냈다.

황도 선정을 세자에게 일임한 것이다. 그러면서 앞으로의 시대를 이끌어 갈 당사자가 선정하는 게 옳다고 했다.

세자는 놀라 거듭 사양했다. 그러나 국왕의 단호한 태도에 결국 동의할 수밖에 없었다.

세자는 사안을 혼자 처리하지 않았다.

조선군이 요동에 진출하면서 백동수와 핵심 참모들에게 은밀히 도움을 청했다. 세자의 요청을 받은 최고지휘부는 비밀리에 북방과 대륙 각지를 조사해 왔다.

백동수가 확인했다.

"경복궁은 중건하실 것이옵니까?"

세자가 고개를 끄덕였다.

"지금으로선 그래야 할 거 같아요."

백동수가 말의 행간을 대번에 읽었다.

"주상 전하께서는 한양을 떠나는 결정을 하시기가 어려운 가 보옵니다."

"맞아요. 국상에 찾아뵈었을 때도 그런 기색을 은근히 비치시더라고요."

백동수의 머릿속이 순간 복잡해졌다. 그런 백동수가 조심 스럽게 의견을 냈다.

"새로운 황도가 결정되어도 이어하지 않으실 가능성이 높다는 말씀이군요."

"후우! 그래서 걱정입니다."

세자가 더 이상의 말을 하지 않았다. 그럼에도 백동수는 어렵지 않게 말을 하지 않은 부분을 짐작할 수 있었다.

'아! 전하께서 제위에 오르고 얼마 지나지 않아 선위를 생각하고 계시는군요.'

이런 말이 목까지 치밀어 올랐다. 그러나 평지풍파가 일어날 천기누설이었기에 끝내 입에 올리지는 못했다.

국왕은 오래전부터 선위를 생각해 왔다. 이러한 사실은 공공연한 비밀이었다.

국왕은 세자가 추진해 온 개혁에 전폭적인 지원을 해 주었

개혁군주

다. 조정은 그래서 세자가 군권을 맡았을 때도 별다른 반대가 없었다.

군부도 이런 사정을 알고 있었다.

그래서 미래 권력인 세자에게 지극한 충성을 다해 왔다. 덕분에 대업은 예상보다 빨리 마무리되었으며 성과 또한 놀라웠다.

세자가 고마워했다.

"여러분이 합심 노력한 덕분에 대업은 대성공을 거뒀습니다. 앞으로 대륙과 북방에는 상당 기간 군정이 실시될 겁니다. 그동안 배전의 노력을 당부드립니다."

육군총참모장이 나섰다.

"조금도 염려 마십시오. 장관님을 비롯한 저희 모두는 저하의 명이라면 이미 죽을 각오가 되어 있사옵니다."

몇 명의 지휘관들이 동조했다.

대업에 성공하면서 획득한 영토는 본토의 수십 배에 이를 정도로 방대하다. 여기에 북미의 광활한 지역도 본격적인 개발을 시작해야 한다.

세자는 대륙과 북방 영토를 아직 민간에 맡길 수는 없다고 판단했다. 그러기에는 도처에 위험이 도사리고 있었으며, 대륙 민심이 어떻게 될지 모르는 상황이었다.

세자의 당부가 이어졌다.

"군정장관을 겸임하게 될 각 군사령관과 지역을 담당할 군단장들께서는 민심 동향에 각별히 신경을 써야 합니다. 특히 군정 기간 동안 어떠한 불법과 비리도 일어나서는 안 됩니다. 그런 사령관들을 참모들이 철저하게 보좌해야 하고요. 만일 그런 문제가 발생하게 되면 군정 자체가 도마 위에 오를 수 있습니다."

지휘관들이 일제히 고개를 숙였다.

"명심하겠습니다."

1군 참모장이 모처럼 나섰다.

"저하! 하루빨리 새로운 수도가 결정되어야 합니다. 그래야 거기에 맞춰 방어 계획을 수립해 나갈 수 있사옵니다."

세자도 인정했다.

"옳은 지적이에요. 그래서 그동안 많은 곳을 둘러보며 다양한 조사도 벌였지요. 덕분에 후보지를 두세 곳으로 압축할 수 있었고요."

"아! 그러면 곧 결정이 되겠군요."

"예, 이번에 내려가면 아바마마께 보고를 드리고 바로 결정을 할 생각입니다."

백동수가 우려했다.

"천도의 당위성은 충분합니다. 아니, 차고도 넘치는 것은 맞습니다. 그러나 한양에 터를 잡고 있는 경화사족들에게 천도는 엄청난 시련으로 비칠 겁니다. 자칫 잘못하다가는 집안 전체가 몰락하게 될 터이니까요."

세자도 인정했다.

"맞는 말입니다. 아바마마께서도 그래서 천도 문제만큼은 누구와도 상의하지 않으셨지요. 그만큼 민감한 사안이라는 의미지요."

세자가 지휘관들을 둘러봤다.

"그러나 나는 여러분들에게 숨기지 않고 사실을 말해 주었습니다. 이게 무엇을 의미하는지 모르지 않을 겁니다."

전각의 분위기가 후끈 달아올랐다. 백동수와 최고지휘관들의 얼굴에는 자부심이 가득 찼다.

세자가 당부했다.

"내가 여러분을 전폭적으로 신뢰한다는 사실은 이제 만천하가 다 압니다. 앞으로 여러분들은 처신에 대해 각별하게 조심해야 합니다. 더불어 중견 간부들도 마찬가지고요. 왜 그래야 하는지는 내가 말을 하지 않아도 잘 아실 겁니다."

육군총참모장이 나섰다.

"조금도 걱정하지 마십시오. 저희는 저하께 누가 되지 않기 위해 스스로를 엄히 다스릴 것을 맹세했사옵니다. 그리고 가장 문제가 되는 비리만큼은 어떠한 일이 있더라도 척결해 나갈 것입니다."

백동수도 거들었다.

"소장이 관리하는 육군은 물론이고 수군과 해병대의 모든 지휘관과 장병 들은 오직 저하를 주군으로 모실 것이옵니다."

"그렇사옵니다. 만일 주군께 누가 되는 일을 한다면 당장 옷을 벗겠습니다."

"옳습니다!"

곳곳에서 맹세의 외침이 터졌다.

세자가 흐뭇한 표정을 지었다.

"말씀만 들어도 든든합니다. 여기 있는 지휘관 대부분은 이번에 신설되는 작위 수여자에 포함될 것입니다."

그 말에 전각이 다시 후끈 달아올랐다.

"지금의 우리 조선은 신분제도가 유지되고 있지요. 그러나 그 제도가 점차 허물어지고 있다는 걸 여러분들은 아실 겁니다. 그 시작이 바로 군이었으니까요."

모두가 크게 고개를 끄덕였다.

세자의 설명대로 군에서는 신분의 벽이 허물어지고 있었다.

철저한 계급사회인 군에서 가장 먼저 없어진 것은 서얼 차별이었다. 반상의 차별도 사라지고 있었다.

노비제도가 폐지되면서 노비 출신들이 대거 군에 입대했다. 사노비와 달리 공노비들은 상당한 지식을 갖춘 자들이 많았다.

이런 공노비 중 다수가 능력을 인정받으면서 준무관이 되는 영광을 얻게 되었다. 그런 일이 많아지면서 군은 신분 개혁의 용광로가 되고 있었다.

세자가 예상했다.

"신분제도는 쉽게 없어지지 않을 겁니다. 시간이 지나면서 유명무실해지다 결국 없어지겠지요. 그리고 새로운 신분이 우리 조선에는 생겨나겠지요."

누군가 소리쳤다.

"작위를 받은 새로운 신분이 등장한다는 말씀이군요!"

"맞아요. 문반과 무반을 지칭하는 양반이 본래는 귀족이었지요. 국초에는 양반이라 칭할 귀족들이 극소수였습니다. 그만큼 신분제도가 잘 유지되었지만, 지금은 절반 이상이 될 정도로 문란해졌습니다. 몇 번의 환란을 겪으면서 반상 제도의 틀이 무너지면서 유명무실해진 것이지요."

모두가 아는 사실이었다. 그래서 세자의 발언에 일제히 고개를 끄덕이며 동조했다.

"그러나 작위는 완전히 사정이 다릅니다. 작위는 대를 이어 상속 가능합니다. 물론 하사받은 영지도 상속 가능하고요. 여러분들로 시작될 작위 가문은 나라의 인정을 받으면서 장차 우리 조선의 명문가로 성장하게 될 것입니다."

모두의 시선이 몽롱해졌다.

상당수 지휘관이 명문 출신이다. 그러나 그보다 많은 지휘관의 집안은 한미했다. 그리고 명문이라고 해도 방계이거나 서얼 출신이 대부분이었다. 그만큼 지금까지의 무관은 문관에 비해 차별을 받아 왔었다.

그런데 이런 사람들에게 세자가 새로운 세상이 열렸다는

것을 알려 준 것이다. 그것도 경화사족과 같은 명문의 시조가 되었다는 사실을 말이다. 이곳에 있는 모두는 감동했다.

물론 자신들의 가문이 명문거족이 되지 못할 수도 있었다.

그러나 그것은 별로 중요치 않았다. 그렇게 될 수 있다는 희망이 생겼다는 사실 자체만으로도 최고였다.

세자는 거기서 그치지 않고 희망을 더 심어 주었다.

"여러분은 정치에는 발을 들여놔서도, 고개도 돌려서도 안 됩니다. 그러나 여러분의 자제들은 다릅니다. 여러분의 가문에서 관리도, 군인도, 학자도 배출하게 될 겁니다. 물론 사업을 하는 기업가도 배출하겠지요. 그렇게 후손들이 각자의 능력을 발휘하며 국가 발전에 이바지하면 여러분이 세운 가문은 더욱 번창하게 될 겁니다."

생각만 해도 가슴이 벅차다. 자신이 작위를 받게 되면서 새로운 가문이 탄생하는 것이다.

누군가 질문했다.

"저하! 하오면 소장들이 불천위(不遷位)가 된다는 말이옵니까?"

"물론이지요. 여러분이 받는 작위는 대를 이어 후손에게 전해집니다. 그 말은 여러분이 1대가 된다는 의미이니 당연히 불천위가 되지요."

불천위는 최고의 명예다.

유교에서 조상은 4대 봉사가 지나면 땅에 신주를 묻게 된다. 그러나 불천위가 되면 신주를 묻지 않고 사당에 모셔 대

개혁군주

대로 받들어 모시게 된다.

이런 규정은 왕실도 다르지 않았다.

조선의 역대 국왕 중 불천위로 지정된 경우는 절반이 안 된다. 그래서 불천위로 지정되지 않은 국왕은 신위를 종묘의 정전에서 영녕전으로 옮긴다.

세자가 이런 불천위를 거론한 것이다.

백동수가 감격했다.

"작위에 그런 광영까지 따를 줄은 몰랐사옵니다."

세자가 웃으며 말을 이었다.

"그뿐만이 아니에요. 작위를 지닌 가문이 국가에 공을 세우면 승작할 수 있습니다. 물론 반대의 경우도 있지만, 여러분이나 후손들이 그런 일을 벌이지는 않겠지요."

"물론입니다."

"그러니 이제는 자부심을 가져도 됩니다. 누가 뭐라고 해도 여기 있는 지휘관들은 이번 대업에 최고의 공을 세운 사람들이니까요. 물론 지금까지 철저하게 조사된 공적에 따라 작위의 등급은 달라질 겁니다. 아! 그렇다 해도 불천위의 지위는 달라지지 않고요."

세자가 한 번 더 치켜세웠다. 이런 세자의 칭찬에 최고지휘관들의 표정은 더없이 밝아졌다.

세자가 이들을 다독이는 데에는 이유가 있었다.

'지금이 끝이 아니다. 앞으로 우리는 유럽 제국과 끊임없이 경쟁해야 한다. 때로는 협력도 하지만 탐욕스러운 유럽 제국과는 필연적으로 맞부딪힐 수밖에 없다. 그때를 위해서 무엇보다 군사력을 적극 양성해야 한다. 그리고 일본이 아직 남아 있다.'

일본을 떠올리자 가슴이 뛰었다. 그러나 아직은 거기까지 돌아볼 때가 아니었기에 이내 지웠다.

북경 황성에 온 탓일까?

이날 세자는 흉중에 품어 두었던 여러 계획을 알려 주었다. 그래서인지 참여 열기는 이전과는 비교할 수 없을 정도로 높았다.

⁂

다음 날.

세자는 귀환을 서둘렀다. 민심을 위무하며 대륙을 관통하느라 한 달 가까운 시간이 지나있었다.

세자의 귀환은 조선군의 진군 행로를 그대로 답습했다. 그러면서 대륙에서와 같이 주요 지역을 들러 현지 민심을 위무했다.

대륙과 달리 요동요서 지역은 주요 거점이 거의 초토화되어 있었다. 격렬한 전투의 여파로 원주민 대부분이 피난한 상황이었다.

그 바람에 거점 지역에 조선군만 주둔해 있는 경우도 있었다.

놀라운 일은 벌써부터 본토에서 이주민들이 넘어와 자리를 잡은 곳도 의외로 많다는 것이었다.

세자는 이런 백성들을 볼 때마다 길을 멈추고 그들을 위로했다.

그렇게 귀환하던 세자는 압록강을 넘으면서 놀라운 장면을 목격했다.

엄청난 인파가 압록강의 모래사장부터 끝도 없이 몰려와 있었다.

"무슨 인파가 저렇게 많은 겁니까?"

의주부윤 조홍진이 설명했다.

"모두 저하의 귀환 소식을 듣고 달려온 백성들입니다."

"백성들이 환영하러 나올 것으로 예상은 했지만, 이건 많아도 너무 많네요."

"북벌에 대성공을 거뒀습니다. 황하까지 진군하면서 천하의 주인이었던 청국의 항복을 받아 냈사옵니다. 거기다 청국 친왕의 삼궤구고두례까지 받으신 저하의 귀환입니다. 어찌 백성들이 먼 길을 마다하겠습니까?"

"하하! 그것참."

"어서 가시지요. 조정에서 예조판서 대감이 영접사로 올라와 있사옵니다."

"그래요?"

"예, 저하."

"알겠습니다. 가시지요."

세자가 다가오자 백성들이 환호했다.

"와! 고생하셨사옵니다."

"감축드리옵니다!"

"세자 저하! 만세!"

지금까지 연호는 천세였다. 그런데 승전을 하고 귀환하는 세자에게 백성들은 만세를 연호했다.

그런 백성들에게 세자는 손을 들어 화답했다. 그것을 본 백성들은 더 힘껏 만세를 연호했다.

그렇게 의주성에 도착했다.

성문 앞에는 이만수와 몇 명의 조정 관리가 기다리고 있었다.

세자를 본 이만수가 성큼 다가와 얼굴 가득 미소를 지으며 영접했다.

"어서 오십시오, 저하. 그동안 정말 고생 많으셨습니다."

예전 같으면 겸양했을 세자였다. 그러나 이번은 이만수의 인사에 솔직한 심정을 토로했다.

"예, 솔직히 고생했습니다. 나도 그렇지만 우리 장병들 모두 정말 고생 많았습니다. 다행히 그런 고생이 헛되지 않아 이렇게 승리를 안고 돌아올 수 있었습니다."

개혁군주

"장하시옵니다. 참으로 장하시옵니다."

이만수가 정중히 몸을 숙였다.

그런 이만수를 바라보며 세자는 만감이 교차했다.

개선, 그리고 봉선

세자의 귀경길은 환호의 연속이었다.

의주로 올라갈 때도 연도에는 많은 백성이 몰려들었었다. 그런데 이번 세자의 귀경에는 의주에서 한양까지 완전히 인파로 가득했다.

거치는 고을마다 잔치가 벌어졌다.

세자는 그런 고을의 백성들에게 푸짐한 음식을 내리며 격려하고 위무했다. 평양에서는 사흘간 축하 행사를 벌이면서 세자의 귀환을 반겼다.

세자가 임진강을 건넜다. 세자가 강을 건너니 미리 와서 대기하고 있던 백동수가 영접했다.

"충! 어서 오십시오, 저하."

세자가 안타까워했다.

"두고두고 기억될 귀환이었습니다. 여러분과 같이 내려왔으면 좋았을 것을요."

백동수가 웃으며 대답했다.

"그렇지 않습니다. 승전의 영광은 오직 한 분이 누리셔야 합니다. 그래서 영광은 저하께서 누리시고 소장 등은 여기서 기다리는 게 맞습니다."

백동수와 최고지휘관들은 승전의 영광을 오롯이 세자에게 몰아주고 싶었다. 그래서 일부러 동행하지 않고 배로 내려와 대기하고 있었다.

백동수가 뒤를 가리켰다.

"저하! 원정군을 대표해 북방기병여단과 1군 1사단 1연대, 그리고 해병1사단 1연대 병력이 저하를 모시기 위해 대기하고 있사옵니다."

생각지도 않은 준비였다.

"아! 병력까지 데리고 왔습니까?"

육군총참모장이 거들었다.

"대업을 성공한 뒤의 개선입니다. 그런 저하를 우리가 보필하지 않으면 누가 하겠사옵니까?"

해병대참모장이 고마워했다.

"육군의 배려로 우리 해병대도 합류하게 되었사옵니다."

육군총참모장이 펄쩍 뛰었다.

"배려라니. 당치도 않네. 이번 대업에 해병대는 결정적인 전공을 세웠어."

세자도 동조했다.

"옳은 말입니다. 해병대는 상륙작전의 성공을 통해 최강의 전투력을 스스로 입증해 냈지요. 그런 해병대가 개선 행렬에 참여하는 건 당연한 일이고요."

해병대참모장이 다짐했다.

"황감하옵니다. 저하의 하교를 토씨 하나 빠트리지 않고 우리 장병들에게 전하겠습니다."

"하하! 예, 그렇게 하세요. 그리고 나는 해병대를 어떤 부대보다 자랑스럽게 생각한다는 말도 함께 전하고요."

해병대사령관도 감격했다.

"감사합니다. 반드시 그 하교까지 전하겠습니다."

세자가 아쉬워했다.

"이런 준비를 할 줄 알았으면 포병과 박격포부대도 참여시킬 걸 그랬습니다."

육군총참모장이 설명했다.

"포병을 움직이려면 너무 많은 시간과 인원이 필요합니다. 그리고 우리의 화기를 노출하는 것은 꼭 좋은 것만은 아니니 이해해 주십시오."

"알겠습니다."

"자! 가시지요. 소장이 모시겠습니다."

"모두 함께합시다."

"예, 저하."

육군총참모장이 소리쳤다.

"세자 저하께서 이동하신다! 모든 병력은 행군을 준비하라!"

둥! 둥! 둥! 둥!

"와아!"

진군의 북소리에 백성들이 환호했다. 열렬한 환호를 받으며 세자와 선발 병력이 드디어 이동했다.

임진강 나루부터 몰려든 백성들은 한양이 가까워질수록 인산인해가 되었다. 그런 백성들을 통제하기 위해 수도경비사령부 병력이 출동했다.

어마어마한 인파가 몰렸음에도 조금의 불상사도 일어나지 않았다. 그만큼 질서 의식이 함양되었으며, 승전에 대한 자부심이 한껏 고취된 백성들이 자발적으로 노력한 결과이기도 했다.

세자 행렬이 무악재를 넘기 전에 있는 홍제원에 도착했다. 놀랍게도 영의정과 몇 명의 대신들이 홍제원까지 나와 있었다.

"아니, 영상 대감이 아니십니까?"

오랫동안 영의정을 역임했던 이병모가 연초에 지병으로 사임했다. 그 후임에 국왕이 총애하던 이가환을 드디어 영의정에 임명했다.

이전이었다면 남인의 거두인 이가환의 영상 임명에 노론

개혁군주

정파가 거세게 반발했을 것이다. 그러나 지난 몇 년 사이 강성인 왕대비를 비롯한 노론 벽파가 급격히 몰락했다.

그에 따라 이가환과 정약용 등 남인 개혁 세력들이 대거 중용되었다. 이러한 조정의 변화에 노론 시파들은 크게 반발하지 않았다.

이렇게 된 데에는 이유가 있었다.

노론 시파의 정치색은 벽파와 달리 온건하고 합리적이었다. 더구나 국왕과 세자가 10년 넘게 합심해서 개혁을 추진하고 있었다.

특히 국력이 신장되고 영토가 폭발적으로 늘어나고 있었다. 그러면서 조정도 몇 차례 개편되면서 관직이 이전에 비해 대폭 늘어나고 있어서 구태여 이전투구를 벌이지 않아도 되었다.

물론 주요 자리를 차지하기 위한 정치 논쟁이 없어진 것은 아니다. 그러나 이런 정쟁은 이전과는 비교할 수 없을 정도로 강도가 약했다.

이가환이 환하게 웃었다.

"어서 오십시오, 저하. 대업을 완성하고 귀환하심을 진심으로 경하드리옵니다."

"감사합니다. 우리가 안심하고 대업에 일로매진할 수 있었던 것은 모두 조정 대신들 덕분입니다."

"별말씀을 다 하십니다."

"아닙니다. 여러분께서 아바마마를 든든하게 보위해 주셔서 우리가 안심하고 앞만 보고 달려갈 수 있었습니다."

몇 차례 하례의 인사가 오갔다.

이어서 이가환이 동행한 조정 대신들을 인사시켰다. 모두가 아는 사람들이어서 세자는 이들과도 한동안 인사를 주고받아야 했다.

인사를 마치고 홍제원으로 들어갔다.

국가가 운영하는 여관인 홍제원은 의주대로 변에 위치해 있었다. 그 바람에 청국을 오가는 사신들이 자주 머무는 곳이어서 규모가 상당했다.

홍제원에는 연회가 준비되어 있었다. 중앙 전각을 중심으로 흰색 차양까지 줄지어 서 있었다.

그것을 본 세자가 난색을 보였다.

"아직 아바마마께 귀환 인사도 드리지 않았습니다. 그런 제가 이런 자리에 참석하는 건 도리가 아닌 거 같습니다."

이가환의 표정이 환해졌다.

"역시 저하께서는 효자시군요. 그러나 조금도 걱정하지 마십시오. 이 자리는 주상 전하의 특명으로, 일 년 넘게 고생하신 저하와 지휘관들을 위무하기 위해 준비했습니다. 그러니 저하께서는 주상 전하를 대신해 고생한 지휘관들을 위로해 주시면 됩니다."

예조판서 이만수도 거들었다.

"영상 대감의 말씀대로 하십시오. 저하께서는 의주에서

개혁군주

여기까지 제대로 된 연회를 한 번도 열지 않으셨습니다. 평안감사가 준비한 연회도 열지 못하도록 하셨고요. 저하께서 지휘관들을 생각해 조심하시는 건 나무랄 일이 아닙니다. 그러나 너무 그러시면 오히려 역효과가 날 수가 있사옵니다."

이가환도 거듭 권했다.

"사양하지 마십시오. 전하께서는 장병들에게도 푸짐한 음식을 하사해 주셨습니다. 그러니 더 이상 사양 마시고 연회를 즐기시지요."

군 지휘관들은 앞으로도 자신을 든든히 지켜 줄 버팀목이다. 그래서 북경에서 지금까지 혹시 발생할지 모를 불상사에 대비해 자중해 왔다.

그러나 국왕이 직접 음식을 내리고 영상이 권하는 연회까지 사양할 수는 없다. 그랬다가는 거꾸로 속 좁고 옹졸하다는 비판을 받을 수 있었다.

세자도 더 이상 사양하지 않았다.

"알겠습니다. 아바마마께서 특별히 배려를 해 주시고 영상 대감께서 이리 권하시니 따르지요."

세자가 승낙하자 지휘관들의 표정도 환하게 밝아졌다. 세자가 그런 지휘관들을 보며 미안해했다.

"여러분께 미안합니다. 지금까지 내가 너무 단속만 했습니다."

백동수가 펄쩍 뛰었다.

"그런 말씀 마십시오. 저하께서 왜 그렇게 조심하셨는지 모르는 사람은 아무도 없습니다."

육군총참모장도 거들었다.

"맞습니다. 다 저희를 위해 그러셨다는 것을 너무도 잘 압니다. 허나 술을 너무 단속하셔서 아쉽기는 했습니다."

"하하하!"

"하하하!"

모두가 크게 웃었다. 세자도 모처럼 호탕하게 웃으면서 지휘관들의 기분을 한껏 풀어 주었다.

"예, 오늘은 마음껏 즐기도록 하세요."

백동수가 웃으며 거들었다.

"즐기는 건 마음껏 하겠지만 술은 그래도 자중하겠습니다."

"그러면 더 좋고요. 자! 우선 자리에 앉읍시다."

사람들이 좌정하면서 연회가 시작되었다. 연회에는 무희까지 등장하며 분위기를 한층 끌어올렸다.

덕분에 흥겹게 진행되었으나 무관들은 술을 절제하며 최대한 조심했다. 그 바람에 오래지 않아 연회가 끝났으나 누구도 아쉬워하지 않았다.

❁

다음 날.

개선 행렬은 일찍 홍제원을 출발했다. 의주대로를 통해 무악재로 올라선 세자는 주변 풍광이 달라진 것을 대번에 느꼈다.

"아니! 영은문(迎恩門)이 없어졌습니다."

그랬다.

무악재를 넘으면 바로 보이는 시설이 중국 사신을 환영하는 영은문이었다. 일주문인 영은문은 거대한 석주 위에 다시 목재를 사용해 지어졌다.

영은문의 주변에는 낮은 민가뿐이었다. 그래서 주변을 압도할 정도로 높고 커서, 의주대로를 지나는 모든 사람의 시선을 한 몸에 받아 왔다.

이런 영은문이 없어진 것이다.

이만수가 설명했다.

"저하께서 다시 대륙으로 건너가시고 얼마 안 되어 전하께서 특명을 내리셨습니다. 이제 더 이상 영은문은 필요 없다고 하시면서 철거를 명하셨습니다. 아울러 청국 사신의 전용 숙소였던 모화관(慕華館)도 함께 철거되었습니다."

국왕의 의지가 느껴지는 행위였다.

"아바마마께서 현명한 결단을 내리셨네요. 이제부터는 모화관도, 영은문도 필요가 없습니다."

백동수도 동조했다.

"당연한 말씀입니다. 앞으로 청국 사신이 오면 북평관(北平館)을 숙소로 내주면 됩니다."

북평관은 과거 여진의 사신 숙소였다. 백동수의 지적에 모든 사람이 일제히 고개를 끄덕였다.

이가환이 바로 동조했다.

"그래야지요. 양국이 형제지교를 맺었으니 청국 사신도 당연히 거기에 맞춰 예우를 해 줘야지요."

세자가 영은문에서 잠시 말을 멈추었다. 그 바람에 뒤따르던 병력이 일제히 정지할 수밖에 없었다.

세자가 한동안 무언가를 고심했다. 그러던 세자가 결심하고는 모두에게 공표했다.

"이 영은문 자리에 이번 북벌 성공을 기념하는 개선문(凱旋門)을 세워야겠습니다."

이가환의 눈이 커졌다.

"개선문을 세우자고요?"

"예, 이전의 영은문은 일주문임에도 그 규모가 조선 제일일 정도로 크고 웅장했습니다. 그런 영은문을 헐어 낸 자리에 북벌 성공을 축하하는 개선문을 세우자는 겁니다."

이가환이 적극 동조했다.

"아주 좋은 생각이십니다. 그런데 영은문보다 더 크고 웅장하게 만들려면 어떻게 해야 하옵니까?"

"우선은 대륙 각지에서 일정한 규격의 석재를 모으는 겁니다. 요동요서는 물론이고, 북방과 멀리 북미 지역에서도 석재를 구해 오는 겁니다."

개혁군주

세자가 손으로 영은문 자리를 가리켰다.

"그렇게 모아들인 석재로 이 일대에다 절대 무너지지 않는 기초를 만드는 겁니다."

"아!"

"그리고 그 위에다 조선 팔도에서 모아들인 석재로 거대한 개선문을 세우는 겁니다. 백성들이 올라가서 주변을 살필 수 있는 전망대도 안에다 넣고요."

이가환이 대번에 우려했다.

"그 정도로 개선문을 크게 만들려면 엄청난 경비가 들어갈 것입니다. 그런 비용은 어떻게 충당을 하옵니까?"

세자의 대답이 주저 없이 나왔다.

"가능한 일입니다. 공사에 들어가는 인력은 포로를 활용하면 됩니다. 공사에 필요한 경비는 전부 상무사가 부담하겠습니다."

"포로를 활용한다면 더 의미가 깊겠군요."

"그렇습니다. 개선문에는 이번 전쟁의 승전 역사를 오롯이 담을 것입니다. 그러면서 전사한 장병들의 이름도 하나하나 새겨 주고요."

"전몰장병들의 넋도 위로하자는 말씀이군요."

"예, 그래야 진정한 개선문이 되지 않겠습니까?"

육군총참모장이 감동했다.

"황감한 일이옵니다. 지금까지 수많은 전쟁을 치러 왔지만, 그런 식으로 순국한 장병들의 넋을 위로한 적은 한 번도 없었사옵니다."

세자가 인정했다.

"맞아요. 그만큼 이번 대업은 우리 역사에서 유례가 없는 위대한 성과입니다. 그런 대업을 위해 순국한 장병들은 당연히 최고의 예우를 받아야지요."

이만수가 감탄했다.

"저하께서는 참으로 대단하시옵니다. 지금까지 누구도 그런 발상을 하는 사람이 없었습니다. 단지 나라의 영욕이 서려 있는 영은문이 헐렸다는 데 기뻐했을 뿐입니다."

이가환도 동조했다.

"옳은 말입니다. 순국 장병들을 위한 국립묘지를 만들자는 말씀도 놀라웠습니다. 그런데 또 이렇게 놀라운 제안을 하시다니요."

세자가 정리했다.

"세자인 제가 개선문 설립 제안을 했습니다. 그러나 이러한 사업은 국가 대사인 만큼 추진과 마무리는 조정에서 해주셔야 합니다."

영의정 이가환이 고개를 숙였다.

"황감하옵니다. 개선문과 같은 사업은 저하께서 바로 추진하셔도 되는 사업입니다. 그럼에도 조정에 힘을 실어 주셔서 무어라 감사의 말씀을 드려야 할지 모르겠사옵니다."

"아니에요. 이런 일일수록 조정의 중론과 백성들의 절대적인 호응이 반드시 필요합니다. 그렇지 않으면 그저 덩치만 큰 흉물이 될 수도 있어요."

이만수가 장담했다.

"조금도 걱정 마십시오. 개선문은 우리 조선이 대륙의 주인이 되었음을 만천하에 알리는 역사적 기념물입니다. 그런 개선문 축조를 우리 예조에서 책임지고 성사시키겠사옵니다."

"잘 부탁합니다."

세자가 한 번 더 영은문 터를 둘러봤다.

'아바마마께서도 청국을 상국으로 모신 것에 대한 한이 많으셨나 보구나. 이전 시대에는 청국의 눈치를 봐서인지 영은문의 석조 기둥이 남겨 두었었다. 그게 흉물처럼 보기 싫었는데, 지금은 아예 흔적조차 없애 버리셨구나.'

세자는 스스로에게 다짐했다.

'이전 시대 독립문도 아름답기는 했지만 아쉽게도 규모가 조금 작았었다. 그러나 이번에는 파리의 개선문에 못지않은 개선문을 만들도록 하자. 외형은 서양식이 되겠지만 우리 문화의 진수가 담길 수 있도록 설계를 해서 말이야.'

이런 생각을 하며 잠시 서 있던 세자가 고개를 돌렸다. 그것을 본 육군총참모장이 확인했다.

"출발해도 되겠습니까?"

"그렇게 하세요."

육군총참모장이 소리쳤다.

"전군! 출발하라!"

개선 행렬이 다시 움직였다.

가뜩이나 입추의 여지도 없던 인파는 도성이 가까워지면서 더 늘어났다. 워낙 많은 인파가 몰리다 보니 안전사고가 걱정될 정도였다.

백성들의 격한 반응은 너무도 당연했다.

조선은 그동안 외세와의 전쟁에서 한 번도 승리한 적이 없었다. 있다고 해 봐야 국초에 이종무가 대마도를 잠깐 점령한 정도가 고작이었다.

반면, 두 번의 왜란과 두 번의 호란으로 온 나라가 거덜 났었다. 그런 외침에 무고한 백성들의 인명 피해는 숫자를 논하기 어려울 정도로 많았다.

그런데 세상이 달라졌다.

백성들에게 몽골 기병과 청나라는 생각만 해도 무서운 존재들이었다. 그런 몽골을 굴복시키고, 청나라는 황제를 대신한 친왕이 머리를 땅에 찧으며 항복했다고 한다.

개혁 초기, 해양 영토와 북미의 어마어마한 영토를 매입하면서 백성들을 놀라게 했다. 그것만 해도 대단하다고 생각하면서 자긍심을 한껏 고취했었다.

그런데 이번에는 감히 상상도 할 수 없던 청나라를 굴복시켰다. 여기에 몽골 부족까지 굴복시키면서 막대한 영토를 얻게 되었다.

조선은 변방의 약소국이 아닌 당당한 최고의 대국으로 거듭 났다. 이제는 외세 침략을 두려워하지 않아도 되었다. 백성들 이 피를 토할 정도로 환호하고 기뻐하는 건 너무도 당연했다.

세자가 돈의문에 들어섰다.

"우와!"

"만세!"

"대조선국 만세"

개선 행렬은 환호를 들으며 행진해 왔다. 그런데 한양에 입성해서 듣는 환호는 그 울림이 달랐다.

돈의문을 통과한 행렬은 한양을 가로질렀다. 그러다 방향 을 틀어서는 이제는 도로로 변한 개천을 건너 창덕궁에 도착 했다.

돈화문(敦化門).

창덕궁 정문인 돈화문이 활짝 열려 있었다. 그런데 돈화문 의 형태가 이전과는 달랐다.

백동수가 대번에 알아봤다.

"저하! 돈화문의 형태가 바뀌었습니다."

"그러네요. 돈화문의 막혀 있던 양옆을 터서 문이 5개로 늘어났네요."

돈화문의 출입문은 본래 3개다.

그런 출입문을 5개로 늘린 것에는 상징적인 의미가 있다. 음

양오행을 의미하는 5와 여기에 동서남북을 더하면 9가 된다.

5와 9는 황제의 숫자다.

그래서 자금성의 출입문이 5개다. 그리고 주요 전각의 전면 기둥은 9개를 세워 황제를 상징했다.

조선의 궁궐 출입문은 지금까지 3개로 한정되어 있었다. 그런데 돈화문이 형식적으로나마 5개로 늘려 놓았다.

세자가 추정했다.

"자금성과 별궁을 지키던 청국 환관들이 천진에서 배로 먼저 들어왔을 거예요. 아마도 그런 환관들이 아바마마께 요청한 거 같네요."

백동수도 동의했다.

"그럴 가능성이 높겠네요."

이런 말을 주고받고 있을 때, 대궐에서 급히 몇 사람이 다가왔다. 대전 내관과 국왕을 경호하는 내금위장 등이었다.

내금위장이 인사했다.

"충! 어서 오십시오, 저하."

"내금위장이군요. 대궐을 경호하느라 고생이 많아요."

"별말씀을 다 하십니다. 고생은 대륙을 평정하신 저하께서 하셨지요."

"하하! 그렇기는 하지요. 그런데 무슨 일이지요?"

"주상 전하께서 개선군의 귀환을 축하해 주시기 위해 돈화문으로 납실 것이옵니다."

개혁군주

"오! 그래요?"

육군총참모장이 바로 나섰다.

"주상 전하께서 돈화문에서 사열하실 수 있도록 병력을 정렬시키겠습니다."

"그렇게 하세요."

돈화문 앞이 잠시 소란스러워졌다.

개선 병력을 따라온 인파가 워낙 많았다. 그래서 이들을 물리고 병력을 정렬시키느라 꽤 시간이 걸렸다. 하지만 인파가 적극적으로 협조하며 움직여 준 덕에 불미한 일은 일어나지 않았다.

병력을 도열시키고 얼마 지나지 않아서였다.

대전 내관이 특유의 목소리가 들렸다.

"주상 전하 납시오!"

육군총참모장이 소리쳤다.

"전체! 정렬!"

병사들이 움직임을 멈추었다.

그리고 얼마 후.

국왕이 내금위 병력의 경호를 받으며 모습을 드러냈다. 그런 국왕의 뒤로 조정대신 수십 명이 따라 나왔다.

국왕이 군대를 사열할 때는 융복(戎服)을 착용한다. 철릭(天翼)과 주립(朱笠)으로 형성된 이 군복은 문관도 착용할 수 있으며 화려하다.

그런데 이번에는 달라졌다.

국왕이 새로운 군복을 착용했다.

세자가 직접 도안한 정복은 견장과 휘장, 팔의 약장 모두 금실로 장식했다. 화려하지만 이전의 융복에 비해 소매와 바지의 폭이 좁고 단정했다.

국왕이 돈화문의 누각에 올랐다.

육군총참모장이 병력을 지휘했다.

"전체 차렷! 주상 전하께 대하여 받들어총!"

"충!"

세자도 절도 있게 군례를 올렸다. 국왕은 세자와 최고지휘관, 그리고 장병들을 차례로 돌아봤다.

그런 국왕이 크게 고개를 끄덕였다.

"세워총!"

착!

소총의 개머리판이 땅에 동시에 닿으며 한 소리를 냈다. 그런 장면에 국왕이 흐뭇한 미소를 지었다.

국왕이 한 걸음 앞으로 나섰다.

"조선의 장병들이여, 모두 수고했다. 과인은 너희의 충정과 노고를 절대 잊지 않을 것이다!"

놀랍게도 국왕이 직접 옥음으로 치하했다. 이러한 경우는 지금까지 없었기에 장병들은 놀라면서도 더 몸을 바로 했다.

"이번 대업의 승리는 전적으로 모든 장병의 공이다. 과인은 너희들에게 특별한 포상을 시행할 예정이다. 그리고 조정은 곳간을 열어 장병들이 사흘간 푸짐히 먹고 즐기도록 조치하라!"

영의정 이가환이 소리쳤다.

"명심하여 거행하겠사옵니다!"

국왕이 재차 강조했다.

"모두 수고 많았다. 모든 장병은 오늘부터 사흘간 먹고 마시고 즐기도록 하라. 포상은 그 이후에 별도로 날을 잡아 시행할 것이다!"

육군총참모장이 소리쳤다.

"전하의 하해와 같은 성은에 감읍하옵니다! 우리 군은 앞으로도 나라의 주인이신 전하와 세자 저하에게 충성을 다할 것을 맹세합니다!"

이 말을 받아 장병들이 소리쳤다.

"충성을 다할 것을 맹세합니다!"

1만여 장병들이 힘 모아 소리쳤다.

장병들의 충성 맹세가 한양을 들썩일 정도로 컸다. 국왕이 연신 고개를 끄덕이며 더없이 흐뭇한 표정을 지었다.

흐뭇해하던 국왕이 세자를 바라봤다.

"세자가 고생이 많았다."

"과찬이십니다. 이 모두가 아바마마께서 소자를 믿어 주신 덕분이옵니다."

세자가 고개를 숙였다.

국왕이 앙천대소를 터트렸다.

"하하하! 대업을 완수해 고토를 수복하고 청국의 항복을 받아 냈으니 이보다 기쁜 일이 어디 있겠는가. 그러나 과인은 세자가 천하를 경영할 수 있는 경륜을 쌓았다는 것이 더 기쁘구나. 참으로 장하고 뿌듯하구나."

가히 최고의 칭찬이었다. 이런 국왕의 칭찬에 조정 대신도, 백성들도 하나같이 흐뭇한 표정을 지었다.

세자가 화답했다.

"소자의 오늘이 있게 된 것은 모두 아바마마 때문이옵니다. 아바마마께서 언제나 전폭적인 지지와 성원을 해 주셨기에 오늘의 소자가 바로 설 수 있었사옵니다."

"하하하! 좋구나, 좋아. 이보시오, 영상."

"예, 전하."

"고생한 장병들을 위한 장소가 어디에 마련되었소?"

"육조거리이옵니다."

국왕이 육군총참모장을 바라봤다.

"그대는 지금 즉시 장병들을 육조거리로 이동시켜 준비된 음식을 배불리 먹이도록 하라!"

"예, 전하."

육군총참모장은 즉시 장병들에게 병력 이동을 지시했다. 국왕은 장병들이 모두 이동할 때까지 누각에서 기다려 주었다.

개혁군주

그런 국왕이 세자를 바라봤다.

"세자는 지휘관들과 함께 대전으로 들라."

"예, 아바마마."

세자가 고개를 숙였다. 그러고는 국왕이 누각을 내려가는 동안 기다렸다가 말에서 내렸다. 세자의 뒤를 이어 지휘관들도 말에서 내렸다.

"들어갑시다."

"예, 저하."

돈화문은 보통 때는 닫혀 있다.

평상시 창덕궁을 출입하는 관리들은 서쪽의 금호문(金虎門)을 이용한다. 반면 상궁 내관들은 동쪽 담장을 따라가다 만나는 단봉문(丹鳳門)을 이용한다.

그런데 오늘.

돈화문이 활짝 열려 있었다. 그런 돈화문의 정중앙으로 세자가, 왼쪽으로는 무관이, 오른쪽으로는 문관들이 들어갔다.

그렇게 정문을 통과한 지휘관들은 세자의 뒤에 열을 지어 모였다. 그리고 세자의 행보에 맞춰 대궐로 들어가 인정전 앞에 정렬했다.

"주상 전하! 세자 저하와 지휘관들이 입시했사옵니다."

"들라 하라!"

세자가 지휘관들과 함께 대전에 들었다. 대전에는 이미 조정 대신 수십 명이 들어와 있었다.

세자와 지휘관들이 수미단 아래에 섰다.

"아바마마. 소자, 무사히 임무를 마치고 돌아왔사옵니다."

세자가 국왕에게 큰절을 네 번 했다. 그런 세자의 뒤를 이어 지휘관들도 국왕에게 정식으로 귀환 인사를 했다.

인사를 받은 국왕이 치하했다.

"어서들 오너라. 대업을 완수한 세자와 모든 지휘관, 그리고 장병들 모두 고생 많았다."

"황감하옵니다."

"승전 보고는 상세히 받고 있어서 진행 과정은 잘 알고 있다. 그러나 마지막 항복 의식 과정은 세자에게 직접 듣고 싶구나."

세자도 국왕이 이런 지시를 내릴 거라 짐작하고 있었다. 그래서 나름대로 당시 상황을 잘 정리해 놓고 있었다.

"항복 의식이 있던 날, 청국에서는 의친왕 영선과 황족, 그리고 조정 대신 모두 산을 내려왔습니다."

세자는 당시 상황을 최대한 상세하게 설명했다. 국왕은 영선이 삼궤구고두례를 행하는 묘사에서 호탕하게 웃었다.

"하하하! 200년의 숙원이 드디어 풀렸구나. 청국 황제의 예를 받지 못한 것이 아쉽기는 하다. 그러나 의친왕 영선이라면 청국 황실의 최고 어른이니 그만하면 격에 맞다."

"예, 그래서 소자도 동의했사옵니다."

"그런데 삼전도비와 오석을 가져오라고 했다는 보고를 받았다."

"똑같이 되돌려 주기 위함입니다. 항복 의식을 행한 자리에 삼전도의 비석을 부숴서 기초를 다지고, 그 위에 우리나라의 오석으로 전승기념비를 세우라고 했사옵니다."

영의정 이가환이 나섰다.

"저하! 비문은 누가 작성한다고 하옵니까? 청국에서 자발적으로 누구를 선정한 것이옵니까?"

세자가 고개를 저었다.

"아니에요. 저들이 작성자를 지정한다는 핑계로 차일피일할 거 같아 제가 아예 지정했습니다. 승상 격인 내각대학사가 저술을 하라고요."

국왕이 다시 크게 웃었다.

"하하하! 통쾌하구나. 말만 들어도 십 년 묵은 체증이 쏙 내려가는구나. 네가 지목하니 내각대학사가 순순히 수긍하더냐?"

"아주 곤란한 표정을 지었습니다. 하자만 황제를 대신해 의친왕 영선이 삼궤구고두를 행한 마당입니다. 그래서인지 못하겠다는 말은 못 하고 승낙을 했사옵니다."

이만수가 나섰다.

"형제지교를 맺은 조선의 국본께서 친히 지정하셨사옵니다. 그것을 내각대학사가 반대한다는 건 어불성설입니다."

"하하하! 맞다. 이제 우리 조선은 청국의 형이 되었어."

국왕이 한동안 웃음을 그치지 않았다.

잠시 기다리고 있던 세자가 가져온 물건을 공손히 바쳤다.

국왕이 큰 관심을 보였다.

"이것이 무엇이더냐?"

"칭기즈칸 이래 대대로 내려온 몽골제국의 국새와 청국 황제의 어새입니다. 몽골에서는 황제가 아닌 가한(可汗)이라는 호칭을 사용하옵니다. 동봉한 문서는 아바마마께 몽골 가한의 지위를 양위한다는 청국 황제의 자필 칙서입니다."

황제의 안색이 대번에 변했다.

"오오! 이것이 몽골의 국새와 청국의 어새란 말이더냐?"

"예, 아바마마!"

예조판서 이만수가 감격했다.

"우리 전하께옵서 북방 몽골 초원의 주인이 되셨다는 말이 옵니까?"

세자가 분명하게 밝혔다.

"그렇습니다. 이제 아바마마께서는 자금성의 주인임과 동시에 유구한 몽골제국의 정통 후예가 되셨습니다."

이만수가 소리쳤다.

"하례드리옵니다! 만주와 요동 요서, 거기다 황하 이북에 이어 북방 초원까지 얻으셨으니 전하께서는 이제 진정한 대륙의 주인이 되셨사옵니다!"

모든 대신이 소리쳤다.

"하례드리옵니다, 전하!"

국왕도 크게 용안이 붉어졌다.

"고맙다. 보고는 미리 받았지만, 몽골의 국새와 어새를 받으니 실로 만감이 교차하는구나."

몽골은 고려를 여섯 차례나 침략했었다.

그렇게 무려 28년간 몽골에 항쟁한 나라는 고려가 유일하다. 그러나 고려는 결국 항복했으며, 항쟁 과정에서 수많은 백성이 억울하게 죽어 나갔다.

국왕은 당시 상황을 생각하며 숙연해졌다. 대신들도 이런 국왕의 마음을 읽으면서 고개를 숙였다.

국왕이 청국 황제의 칙서를 읽었다. 그러고는 낡았지만 금박으로 덮인 책자를 펼쳐서 읽었다.

"그렇구나. 지금의 가경제가 몽골제국의 45대 가한이로구나."

세자가 몸을 숙였다.

"아바마마께서 가한의 지위에 오르시면 몽골의 46대 가한이 되옵니다."

"가한의 즉위 절차는 특별한 것이 있다고 하더냐?"

"소자가 듣기로는 없는 것으로 아옵니다. 그러나 역대 가한들은 즉위하고 나서 목란위장으로 몽골 귀족들을 불러 모았다고 합니다. 거기서 초원의 율법에 따라 천명 의식을 하고 그들의 충성 맹세를 받았다고 했습니다."

"흐음! 과인이 열하까지 올라가야 한다는 거로구나."

예조판서 이만수가 나섰다.

"전하께서는 이제 대륙과 북방의 주인이십니다. 당연히 북경도, 피서산장도 둘러봐야 하지 않겠사옵니까?"

세자가 동조했다.

"옳은 말씀입니다. 그리고 그 전에 좋은 날을 잡아 아바마마께서 천자가 되셨음을 만천하에 선포하셔야 하옵니다."

이가환도 격하게 동조했다.

"당연히 그러셔야지요. 그리고 태산에 사람을 보내 봉선(封禪) 의식도 거행해야 하옵니다. 강화도 마니산의 참성단에도 사람을 보내 천제를 지내야 하고요."

이어서 다른 대신들도 다투어 권했다.

"허허! 부덕한 과인이 천자에 오를 수 있을까?"

승전의 주역인 백동수가 나섰다.

"전하께서는 대륙과 북방의 주인이 되셨사옵니다. 거기다 북미의 광활한 영토의 주인이시고요. 이런 전하께서 천자의 위에 오르는 것은 너무도 당연한 일이옵니다. 부디 저희의 청원을 물리치지 마시고 윤허하여 주시옵소서."

"윤허하여 주시옵소서!"

지휘관들이 일제히 주청했다. 그러자 대신들도 동시에 몸을 숙였다.

"윤허하여 주시옵소서!"

모든 사람이 주청했다.

본래 천자가 되려면 몇 번이나 사양하는 절차를 거친다. 그러나 이번의 경우는 대업에 성공하고 북방의 몽골 초원까지 평정한 상황이었다.

이렇다 보니 사양하는 형식적인 절차가 무의미해졌다. 무엇보다 세자가 직접 참전해서 만들어 온 결과였기에 더 그러했다.

국왕이 머뭇거리지 않고 승낙했다.

"좋다! 그렇게 하라."

모든 사람이 일제히 소리쳤다.

"황감하옵니다, 전하!"

"천자의 위에 오르는 일은 중차대하다. 그러니 좋은 날을 잡아야 할 것이며, 준비에 소홀함이 없어야 할 것이다."

"명심하여 거행하겠사옵니다."

국왕이 용상에서 일어났다.

"춘당대에 연회를 마련해 놓았다. 그러니 승전하고 온 제장은 한 사람도 빠지지 말고 연회에 참석하도록 하라."

"성은이 망극하옵니다."

국왕은 잠시 편전으로 물러갔다. 그런 국왕을 세자와 영의정 등 몇 명의 중신이 따랐다.

국왕이 자리에 앉자마자 질문부터 했다.

"어디 다친 곳은 없느냐?"

"조금도 없사옵니다."

"다행이구나. 이번에는 지휘관들이 모두 들어오지 않았지?"

"그렇사옵니다. 대륙군과 북부군사령관, 각 지역을 책임지고 있는 지휘부는 내려오지 못했사옵니다."

"수복한 영토의 민심 수습이 우선이니 어쩔 수 없지. 그건 그렇고 한족들이 황하를 넘는 경우가 의외로 많다고 하던데, 맞느냐?"

"예, 생각 외로 많은 숫자가 이주를 결정했사옵니다. 한족 출신 관리들도 절반 이상이 이주하고 있고요."

"으음! 당장 통치에 문제가 발생하겠구나."

"너무 성려하지 않으셔도 됩니다. 우리 병력이 순식간에 대륙을 장악하면서 통치 공백을 없애 버렸습니다. 특히 각 군의 참모들은 오래전부터 군정에 대비한 행정 교육을 받아 놓은 상황이어서 무리 없이 수습하고 있을 것입니다."

국왕이 놀랐다.

"우리 병력이 벌써 대륙을 장악했단 말이더냐?"

"청국은 대륙의 주요 지역에 성을 쌓고서는 만주팔기 병력을 주둔시켜 왔습니다. 그러면서 한만 분리 정책을 시행해서 한족과의 접촉을 금지해 왔고요. 그런 정책 덕분에 저들이 구축해 놓은 성을 활용해 우리 군이 쉽게 자리를 잡을 수가 있었습니다."

우의정 이시수가 말을 알아들었다.

"주방팔기가 주둔한 성을 우리 병력이 차지했다는 말씀이군요."

"그렇습니다. 주방팔기의 성은 전부 요지에 건설되어 있습니다. 그런 거점을 이용하니 손쉽게 대륙을 장악할 수 있었습니다."

"원주민인 한족의 입장에서는 통치 세력이 만주족에서 우리로 바뀐 것이군요."

"그렇지요."

다른 대신이 나섰다.

"그렇다고 우리의 통치에 쉽게 동조하지는 않겠지요?"

세자도 인정했다.

"당연히 그렇겠지요. 저들에게 우리는 늘 무시해도 되는 속국이었으니까요. 그래서 각 군정장관에게 최대한 서둘러 양안(量案)과 인구조사를 마치라고 지시했습니다."

국왕이 질문했다.

"토지개혁을 시행하려는 것이냐?"

"아닙니다. 아바마마의 윤허도 없이 어찌 소자가 그런 일을 추진할 수 있겠습니까?"

"그러면 토지는 왜 조사하려는 거냐?"

"대륙은 토호인 대지주가 엄청난 권력을 보유하고 있습니다. 그런데 이번 전쟁의 와중에 그런 대지주들이 대거 황하 이남으로 피난을 했습니다. 그 바람에 일시적인 권력 공백이 발생한 곳이 많습니다. 우리에게는 더없이 좋은 일이지요.

그래서 상황을 파악하기 위해 양안 조사를 시행하도록 지시해 두었사옵니다."

"좋은 일이구나. 양안 조사가 완료된다면 우리 백성들의 이주에도 큰 도움이 되겠어."

"그러하옵니다. 그래서 한족의 피난을 몇 달 늦추어 주었습니다. 그러면서 대지주들의 재산을 몰수한다는 소문도 적당히 흘렸고요."

국왕이 크게 웃었다.

"하하하! 우리 세자가 참으로 가상하구나. 그런 일은 누구도 가르쳐 주지 않았음에도 너무도 척척 잘 해내고 있구나."

"과찬이십니다."

"아니다. 그런 조치는 충분히 칭찬받을 일이다. 그런데 결정은 했느냐?"

세자가 어리둥절했다.

"무엇을 말씀이옵니까?"

"천도(遷都)할 곳을 말이다."

편전의 분위기가 후끈 달아올랐다.

개혁군주

천도, 진정한 재조지은

영의정 이가환이 크게 당황했다.

"전하, 천도라니요? 신은 금시초문이옵니다."

국왕이 사정을 설명했다.

"세자와 나는 대업이 시작되기 전 많은 토론을 해 왔었다. 그런 과정에는 대업이 성공했을 때를 가정한 국정 운영도 당연히 들어 있었지."

국왕이 대신들을 바라봤다.

"경들은 대업이 성공한 지금 한양의 위치가 대국의 수도로 적당하다고 생각하는가?"

"……."

이 질문에 누구도 답을 못 했다.

워낙 갑작스러운 질문이었다. 그리고 국왕과 세자가 이미 오래전부터 천도에 대해 깊은 논의를 해 왔다고 한다.

이런 상황에서 아니라고 말할 간 큰 대신은 아무도 없었다. 그렇다고 그냥 넘어가지는 않았다.

호조판서 박종보(朴宗輔)가 나섰다.

"전하, 너무도 갑작스러운 하교에 신은 너무도 당황스럽사옵니다. 천도라 함은 나라의 근간을 옮기는 일입니다. 더구나 엄청난 재원이 소요되는 일이어서 심사숙고해야 하옵니다."

박종보는 세자의 외숙이다.

음직으로 관직에 오른 그는 여러 관직을 역임했다. 그러다 세자의 부탁으로 상무사 경영을 오랫동안 맡아 왔었다.

덕분에 누구보다도 경영에 밝았다. 그런 그를 대신들이 강력히 추천해 호조판서가 되었다.

음직 출신이 판서가 된 경우는 극히 드물다. 그래서 박종보도 여러 차례 사양했으나 국왕의 결정적인 신임 덕분에 대신에 임명되었다.

그런 그가 은근히 반대 의견을 낸 것이다.

국왕이 박종보를 보며 웃었다.

"호판은 천도를 반대하는가 보구나."

박종보가 급히 몸을 숙였다.

"아니옵니다. 소인은 천도에 워낙 많은 재원이 들어갈 것

이 걱정되어서…….'

국왕이 말을 잘랐다.

"그만 되었다. 과인이 어찌 호판의 마음을 모르겠느냐?"

국왕이 대신들을 돌아봤다. 대신들의 표정이 좋지 않은 것을 보고는 그들의 마음부터 챙겼다.

"여기 있는 대신들은 경화사족 출신들이거나 한양 주변에 세거하고 있는 명문 출신들이다. 그런 대신들이니만큼 천도에 쉽게 동의할 수 없는 사정을, 과인은 모르지 않는다."

국왕이 목소리를 높였다.

"그러나 우리 조선이 언제까지 좁은 반도에 머물러서야 되겠느냐? 우리는 본토보다 수십 배, 아니 백여 배 가까이 넓은 영토를 얻었다. 바로 세자와 우리 군의 노력으로 말이다."

편전이 조용해졌다.

"우리는 지금까지 그런 영토를 경영해 본 적이 없다. 물론 북미 지역을 먼저 얻기는 했으나, 거기는 땅은 넓은 데 비해 사람이 너무 없다. 그래서 우선은 개척에 모든 노력을 경주하면 되었다. 그러나 대륙은 다르다. 한족이 우리보다 훨씬 많이 살고 있으며, 그들은 우리에 대해 배타적인 것이 문제다. 북방 또한 사정은 마찬가지다. 그런 영토를 경영하기 위해서는 나라의 수도가 너무 치우쳐 있는 것은 좋지 않다."

국왕이 상선을 바라봤다.

"상선은 지도를 가져오라."

"예, 전하."

상선이 준비된 세계 전도를 펼쳤다.

"지도에 보다시피 한양은 너무 아래에 치우쳐 있다. 여기서 연경을 가기 위해서는 무려 한 달이 넘는 시간이 걸릴 정도다. 그런 상황에서 나라를 제대로 경영할 수 있겠느냐?"

국왕이 현실적인 문제를 들고나왔다.

그러자 영의정 이가환이 처음으로 동조하고 나섰다.

"솔직히 개인적으로 봐서는 한양이 도성인 게 좋습니다. 그러나 나라의 만년대계를 위해서는 천도가 불가피하다고 생각되옵니다."

이만수도 동조했다.

"영상 대감의 말씀이 옳습니다. 지금은 개인의 사리사욕보다 나라가 우선입니다. 벌써 수십만의 백성들이 북미와 북방으로 이주했사옵니다. 백성들도 국가 시책에 적극 호응하고 있는데 나라의 녹을 먹는 우리는 당연히 천도에 적극 동조해야 합니다."

이조참판 심상규도 동조했다.

"두 분 말씀이 지당하십니다. 우리는 그동안 주상 전하께 하해와 같은 성은을 입고 있습니다. 그런 우리가 나라를 제대로 다스리기 위한 천도에 적극적으로 동조하는 건 너무도 당연한 일이옵니다."

심상규는 경화사족의 얼굴과도 같은 사람이다. 이런 심상규가 동조하고 나서자 다른 대신들도 전부 동조했다.

상황을 보고 있던 세자가 나섰다.

"여러분의 결단에 감사드립니다. 그러나 지금까지 세거하고 있는 본거지를 옮기는 일은 결코 쉽지 않을 겁니다. 이주 비용도 막대하게 들어갈 것이고요. 그래서 상무사가 도움을 드리려고 합니다."

대신들이 큰 관심을 보였다.

국왕도 나섰다.

"상무사가 도움을 준다고 했느냐?"

"예, 아무리 나라의 정책에 따르는 일이라고는 하나 집안을 옮기는 일은 결코 쉽지 않습니다."

국왕이 인정했다.

"그 말이 맞다. 한양이 우리 조선의 수도가 된 지 400년이 넘었다. 그런 한양도 경화사족이 자리를 잡기까지 무려 300년이 넘게 걸렸다."

"그렇사옵니다. 그래서 국가 시책에 따라 새로운 경사로 집안을 옮기면 목재와 벽돌과 같은 건축자재를 대거 지원할 계획입니다."

심상규가 핵심을 짚었다.

"저하! 이전하는 집안마다 규모가 다르옵니다. 그런 사정을 감안해 지원을 해 주시옵니까? 아니면 지위에 따라 지원을 해 주시는 것이옵니까?"

"두 가지 사정을 다 감안할 겁니다. 그리고 이번 북벌에 공을 세운 분들에게는 별도의 지원을 해 주려고 합니다."

국왕이 적극 동조했다.

"아주 좋은 생각이구나. 나라를 위해 큰 공을 세운 사람은 당연히 거기에 합당한 대우를 해 주어야 하는 게 맞다."

영의정 이가환이 나섰다.

"전하! 하온데 천도할 곳은 정하셨사옵니까? 혹여 북경으로 결정한 것은 아니온지요?"

국왕이 놀라운 발언을 했다.

"천도에 대한 결정은 전적으로 세자에게 일임했소이다. 그러니 그 질문에 대한 대답은 세자에게 들어야 할 것이오."

이가환이 크게 놀랐다.

"전하! 천도는 국가 만년대계이옵니다. 세자 저하께서 아무리 영민하시다고 해도 아직 모든 일을 감당하실 수는 없사옵니다."

"허허허! 그 점은 조금도 걱정하지 마시오. 세자야."

"예, 아바마마."

"천도를 위해 너는 분명 많은 노력을 했을 것이다. 이 자리에서 그에 대한 설명을 대신들에게 해 주어라."

"그렇게 하겠습니다."

세자가 대신들을 바라봤다.

"천도를 비밀리에 진행한 것은 이유가 있어서입니다. 먼저 북벌의 대업을 앞둔 상황에서 천도를 입에 담을 수는 없었습니다. 그리고 국론이 분열될 것을 우려해서 사전에 공표하지 못한 겁니다."

이만수가 적극 동조했다.

"충분히 이해하옵니다. 북벌을 시작도 하기 전에 천도 문제가 나왔다면 분명 큰 혼란이 일어났을 것이옵니다. 아울러 북벌에 대한 소문도 청국으로 흘러 들어갔을 가능성도 높고요."

"맞아요. 그래서 조심, 또 조심했습니다. 그렇다고 해서 나의 독단으로 알아보지는 않았어요. 진황도의 상륙작전이 성공하면서 나는 대업의 성공을 확신했습니다. 그래서 여기 있는 백 장관을 비롯한 최고지휘관들에게 비밀 엄수를 조건으로 천도에 대한 의견을 물었답니다."

대신들의 시선이 일제히 무관들에게 향했다. 그런 시선을 받은 무관들은 뿌듯해하며 가슴을 폈다.

세자의 설명이 이어졌다.

"나는 그래서 이분들에게 내가 염두에 두고 있던 몇 곳을 지목했습니다. 그 첫 번째가 요양입니다. 요양은 모두가 알다시피 요동의 중심입니다. 요하의 지류가 있어 수자원이 풍부할뿐더러 본토와도 가장 가까운 지역이지요. 더구나 이번 전쟁에서 철저하게 파괴되어 도시 설계를 전부 새로 할 수 있다는 장점이 있지요. 다음으로 심양입니다. 심양은 청국의 배도로, 아직도 청국 황궁이 남아 있지요. 그리고 다음은 북경입니다. 북경은 설명이 필요하지 않은 곳이고, 이번 전쟁의 피해를 거의 입지 않았지요. 이 세 곳을 놓고 지휘관들의 의견을 구했습니다."

영의정 이가환이 바로 나섰다.

"어디로 결정되었습니까?"

"군 지휘관들은 만장일치로 요양을 선정했습니다. 물론 내 생각도 이분들과 같고요."

누군가 나섰다.

"북경은 황도로서의 모든 시설이 갖춰진 곳입니다. 그런 북경을 선정하면 재정을 아낄 수 있어서 좋지 않겠습니까? 대륙 왕조의 정통을 잇는다는 명분도 있고요."

"저도 그 생각을 하지 않은 것은 아닙니다. 북경은 재론할 필요도 없이 역대 대륙 왕조의 황도였을 만큼 지리적으로 최적지지요. 그러나 문제가 하나 있습니다!"

세자가 대신들을 바라봤다.

"우리가 북벌의 대업에 나선 것은 고토를 수복하기 위해서였습니다. 그런 우리가 북경에 입성하면 우리의 고토인 만주와 요동요서, 그리고 본토는 변방이 됩니다. 그리고 만주족처럼 민족의 정체성도 흐려질 가능성도 높고요. 그래서 나는 요동의 중심인 요양에 새로운 수도로 만들려는 겁니다."

누군가 거들었다.

"고조선과 고구려의 정통성을 이어받자는 말씀이로군요."

"그렇습니다."

"하오시면 북경의 자금성과 별궁은 어떻게 합니까? 그대로 놓고서 내관들로 하여금 관리만 하게 하실 겁니까?"

세자가 고개를 저었다.

"아닙니다. 아바마마께서 윤허해 주신다면 자금성을 해체하려고 합니다."

국왕이 깜짝 놀랐다.

"아니! 자금성을 무엇 때문에 해체하려는 것이냐?"

"자금성은 대륙 왕조의 상징입니다. 그런 자금성을 그대로 두게 되면 두고두고 문제가 될 겁니다."

"청국이 자금성의 복귀를 포기하지 않을 것으로 예상하는 것이냐?"

"그러하옵니다. 항복 협상을 할 때도 청국은 그들의 황릉에 대한 관리 문제를 일체 거론하지 않았습니다. 그런 청국의 내심이 무엇이겠습니까?"

"당연히 이른 시일에 돌아올 거란 희망을 버리지 않았기 때문이겠지."

"맞습니다. 우리가 대륙을 제대로 통치하려면 청국의 헛된 희망도 꺾어야 하고, 현지 한족들의 쓸데없는 자만심도 없애야 합니다. 그러기 위해서는 대륙 왕조의 상징이라고 할수 있는 자금성을 없애는 것이 좋습니다."

"허허! 생각지도 않은 말이어서 과인이 뭐라 답하기가 어

렵구나. 그러면 원명원을 비롯한 별궁도 모두 없애자는 말이
더냐?"

"그렇지 않사옵니다. 북경은 대륙 통치의 기반입니다. 그
런 북경을 소홀히 할 수는 없으니 수시로 찾아보며 관리해야
하는데, 그러기 위해서는 별궁은 반드시 필요하옵니다."

"으음! 대륙 왕조의 상징성만 없애자는 말이구나?"

"예, 아바마마."

이가환이 강력하게 찬성하고 나섰다.

"전하! 신은 세자 저하의 말씀에 적극 동감하옵니다. 자금
성은 지금까지 우러러보기도 어려운 건물이었습니다. 그러
나 달리 보면 우리 민족의 오욕이 점철된 곳이기도 합니다.
명나라 때 우리 사신들은 그 넓은 자금성을 무릎걸음으로 기
어서 들어가야 했습니다. 종계변무를 개정할 때는 이덕형 대
감께서 동지 한파에 오문 앞에서 몇 날 며칠을 울며 떨어야
했습니다."

곳곳에서 한숨이 터져 나왔다. 국왕도 당시의 일을 생각하
면서 몇 번이나 한숨을 터뜨렸다.

"청나라가 들어섰어도 사정은 별로 달라지지 않았습니다.
명나라와 달리 우리 사신을 나름대로 예우했다는 게 고작이
지요. 그런 자금성에 입성해서 대륙을 통치하지 않을 거라면
차라리 해체하는 것이 좋다고 생각합니다."

이 설명에 편전의 분위기가 대번에 바뀌었다. 국왕도 조금

전과 달리 격하게 반응했다.

"영상의 지적이 너무도 옳다. 아무리 화려하고 귀중한 건물이라고 해도 우리에게 오욕과 회한이 점철된 것이라면 없는 것이 좋다."

"맞습니다. 이제 우리가 대륙의 주인이옵니다. 그런 우리가 부담스러운 건물을 그대로 떠안고 있을 필요는 없사옵니다."

국왕이 문제는 지적했다.

"그러나 자금성은 너무도 위대한 건물이다. 그런 건물을 그냥 해체해 버리기에는 너무도 아쉽다는 생각이 든다."

세자가 나섰다.

"그래서 자금성을 파괴하지 말고 해체하자고 했던 것이옵니다."

국왕의 용안이 커졌다.

"달리 생각해 둔 바가 있었던 거로구나."

"그렇사옵니다."

"좋다. 네 생각을 말해 봐라."

"소자는 해체된 자금성의 목재와 석재, 그리고 각종 장식물을 요양에 새로 건설되는 황성에 적극 활용했으면 하옵니다."

모든 사람이 크게 놀랐다.

이가환이 고개를 갸웃하며 질문했다.

"놀라운 말씀이옵니다. 저하께서 그렇게 생각하신 까닭이 달리 있는 것이옵니까?"

"물론이지요. 방금 자금성은 대륙 왕조의 상징이라고 했습니다. 그래서 저는 그런 자금성을 새로운 우리 황성에 활용하려는 겁니다."

심상규가 대번에 알아들었다.

"자금성의 상징성을 이용해 우리 황성의 가치를 높이자는 말씀이로군요."

"그렇습니다."

육군총참모장도 거들었다.

"탁월한 선택이십니다. 대륙의 한족들이 가진 자만심은 상상 이상입니다. 그런 자만심을 누르기 위해서라도 자금성을 적극 활용할 필요가 있사옵니다."

편전의 분위기가 격하게 뜨거워졌다. 두 사람의 말을 들은 대신들과 최고지휘관들은 이구동성 찬성을 표시했다.

국왕이 손을 들었다.

"좋다. 대신들과 지휘관들이 이렇게 열렬히 찬성하니 과인도 찬성한다. 그런데 그렇게 하려면 비용이 너무 많이 들지 않겠느냐?"

"그래도 상징적인 의미를 살리기 위해서는 적극적으로 활용을 하는 게 좋습니다. 그리고 배를 이용하면 육지로 이송하는 것보다 비용은 크게 절감할 수 있을 것이옵니다."

"대운하를 이용해 수송하자는 거로구나."

"예, 아바마마. 대운하는 북경 내성의 동쪽까지 들어와 있습니다. 그런 대운하를 이용해 천진에서 영구를 통해 요하의 지류인 태자하를 타고 들어오면 쉽게 요양에 도착할 수 있사옵니다. 다행히 우리 상무사에는 다양한 수송선박이 많아 이를 적극 활용하면 되옵니다."

"그렇구나. 그러면 되겠어."

백동수가 나섰다.

"저하, 자금성을 해체하면 비워진 터는 어떻게 활용하옵니까? 그냥 평지로 그대로 놔두는 것이옵니까?"

"그렇지 않아요. 자금성이 상징성이 있듯 그 터도 당연히 상징성이 높아요. 그래서 나는 그 터를 그대로 활용해 광장을 조성하려고 합니다. 조성된 광장에는 우리 선조 중 유명한 열 명을 선정해 대륙을 굽어볼 수 있도록 동상을 제작할 겁니다. 그리고 광장의 중앙에는 꺼지지 않는 불을 피워 둘 겁니다. 우리 조선이 영원무궁하라는 기원을 담아서 타오를 수 있도록 말입니다."

이만수가 의문을 제기했다.

"저하! 꺼지지 않는 불이 있사옵니까?"

"꺼지지 않는 불은 없지요. 그러나 기술적으로 적절히 보완해서 구조물을 만들면 충분히 가능합니다."

국왕의 목소리가 아련해졌다.

"자금성이 비워진 터에 돌을 깔아 사각의 드넓은 광장을 조성한다. 그리고 우리 선조 중 유명한 장수들의 동상을 줄

지어 세운다, 사방으로 뛰쳐나가는 형상으로. 그런 광장의 중앙에는 꺼지지 않는 불을 피운다. 허허! 생각만 해도 가슴이 벅차구나."

"그뿐만이 아니옵니다. 자금성을 에워싸고 있는 황성에는 수많은 왕부들이 널려 있사옵니다. 소자는 그런 왕부 건물을 적극 재활용해서 박물관과 도서관 등으로 활용할 생각이옵니다."

국왕이 격하게 반응했다.

"아! 중앙 광장은 군사적인 의미로 만들고, 그 주변에는 학문의 전당으로 만들자는 거로구나."

"그렇사옵니다. 그래서 앞으로는 대대적으로 서적과 유적, 물건 들을 수집할 것입니다. 그렇게 모은 자료들은 필요한 대학이 있으면 적극 활용하게 할 예정입니다."

"좋은 생각이다. 미래의 동량이 북경에 머물면서 연구를 한다면 그보다 좋을 수는 없겠지."

국왕이 결정했다.

"좋다. 그렇게 해 봐라. 그리고 자금성을 활용해 새로운 황성을 건설할 거라면 지금보다는 더 웅장하게 지어 봐라."

대신들이 놀랐다.

영의정 이가환의 목소리가 떨렸다.

"전하! 자금성보다 더 크게 지으려면 어마어마한 비용이 들어가옵니다. 지금의 우리로서는 그런 부담을 감당할 능력이 되지 않사옵니다."

세자가 나섰다.

"크게 걱정하지 않아도 됩니다. 아마도 건설 비용은 의외로 적게 들어갈 겁니다."

"묘안이라도 있으십니까?"

"그렇습니다. 항복문서에 보면 청나라는 5억 장의 황금 기와와 1억 장의 황금 벽돌을 구워 주도록 되어 있습니다."

"그건 알고 있습니다. 하지만 황성 건설에는 그것만으로는 부족합니다."

"당연히 그렇지요. 말씀을 드리지 않았지만 제가 관리하는 상무사에서는 이미 몇 년 전부터 새로운 황성 건설을 위해 착실히 준비를 해 왔답니다."

이가환의 입에서 탄성이 터졌다.

"오! 그렇사옵니까?"

"자금성 건설에는 녹나무가 많이 사용되었습니다."

"맞습니다. 녹나무는 벌레가 먹지 않고 좋은 향이 나서 심신을 안정시키지요."

"그렇습니다. 상무사는 몇 년 전부터 남방 각지에서 녹나무를 대량으로 벌목해 목재로 가공해 두고 있습니다. 석재는 참파왕국에서 최고급 대리석을 이미 확보해 둔 상황이고요. 화려한 유리 장신구들은 이미 서양의 공방에 주문 제작을 의뢰해 대거 들여다 놓았어요."

이가환이 놀라 너털웃음을 터트렸다.

"허허허! 그 정도면 거의 준비가 끝났다고 해도 과언이 아니군요."

"예, 그리고 황성 건설에 맞춰 한양의 궁궐도 전부 개축을 할 생각입니다."

이가환이 고개를 저었다.

"놀랍습니다. 저하께서는 북벌에 성공할 것을 몇 년 전부터 확신하셨군요."

"물론입니다. 저는 개혁이 시작될 때부터 대업 성공을 조금도 의심하지 않았습니다."

이 말이 끝이었다. 세자의 확신을 들은 대신들은 누구도 나서서 반대 의견을 내지 못했다.

국왕이 나서서 확인했다.

"인력은 청군 포로를 활용하면 되겠구나."

"그러하옵니다. 그리고 황성 건설에 참여하는 청군 포로들에게는 다른 포로보다 강제 노역 기간을 줄여 주는 혜택을 주려고 합니다. 그래야 자발적인 참여를 유도할 수 있사옵니다. 그리고 기술을 배운 포로들에게는 노역 기간이 끝나면 건설 기술자로의 채용도 적극 권장할 계획입니다."

국왕이 감탄하며 의외의 제안을 했다.

"아주 좋은 생각이다. 그리고 청군 포로 중 일부를 활용해 조정 관리들의 주택 건설에 활용했으면 좋겠구나."

개혁군주

대신들이 눈을 빛냈다. 세자가 그런 대신들을 둘러보지도 않고 곧바로 동의했다.

"아바마마의 성은에 조정이 크게 기뻐할 것이옵니다. 알겠습니다. 황도 건설을 하면서 관리들을 위한 공동주택도 건설하겠습니다. 그리고 대신들의 저택 건설을 지원하는 포로 배정도 반드시 챙기겠사옵니다. 그리고 주청 드릴 사안이 하나 있사옵니다."

"무슨 일인지 말해 보라."

"우리 조선은 민가 건설에 많은 제한을 두어 왔습니다. 그 일례가 99칸 이상과 건물의 높이를 제한하는 규정입니다. 소자는 이번 기회에 이런 규정을 대폭 완화했으면 하옵니다."

대신들이 큰 관심을 보였다. 그러나 그런 관심이 모두 긍정적인 것만은 아니었다.

우의정 이시수가 문제를 제기했다.

"저하! 우리 조선이 민가 건설에 제한을 둔 것은 허례허식을 없애고 불필요한 낭비를 줄이기 위해서입니다. 만일 그런 제한을 완화한다면 경쟁하듯 고대광실을 지을 우려가 많습니다."

"그렇겠지요. 분명 그런 문제점이 없지는 않습니다. 그러나 청국을 보세요. 청국도 그렇지만 역대 대륙 왕조는 그런 제한을 거의 두지 않았습니다. 물론 황궁처럼 단청을 입힐 수 없는 등의 몇 가지 제한이 있기는 했지만요. 그러나 민가 건설의 제한이 거의 없어 대륙에는 거대한 규모의 장원이 많이 널려 있습니다."

대신들이 크게 고개를 끄덕였다. 이시수도 이런 사정을 모르지 않았다.

"그렇기는 합니다. 허나 그건 대륙의 사정일 뿐입니다."

세자가 크게 웃었다.

"하하하! 이제 우리가 대륙의 주인입니다. 앞으로 우리 백성 중에는 대륙 최고의 부자도 나올 것이고, 청국 명문가보다 더한 가문이 여러분 중에 나오지 않겠습니까?"

당연한 말이었다.

"그런데 지금의 법규에 묶인다면 어떻게 되겠습니까? 대륙의 한족은 거대한 저택에 사는데 우리만 못하게 되면 분명 편법이 등장하게 될 겁니다. 그렇다고 대륙의 저택을 없앨 수는 없는 일이고요. 그리고 쓸데없는 인력을 낭비해야 하고요."

모두의 고개가 끄덕여졌다.

세자가 분명히 밝혔다.

"지금도 그렇지만 앞으로도 부정부패는 절대 용서하지 않습니다. 대륙을 경영하게 되면 탐관오리들에 대한 형벌은 지금보다 훨씬 더 강화될 겁니다. 여러분 중에 천하제일 대국이었던 청나라가 왜 이렇게 몰락하게 되었는지 모르는 분은 없을 겁니다."

편전의 분위기가 무겁게 가라앉았다.

세자가 그런 분위기를 대번에 바꾸는 발언을 했다.

"그러나 건전한 투자는 적극 권장할 겁니다. 그래서 투자 은행을 지금보다 더 적극적으로 육성할 것이며, 앞으로는 해외로도 진출할 것입니다. 그러니 명문가에서는 이런 투자은행을 적극 활용하세요. 개인적인 투자도 적극 권장할 것이니, 각 가문은 그 부분도 적극 검토해 보시고요."

누군가 질문했다.

"저하! 하오면 우리 같은 반가에서도 상단을 운영할 수 있사옵니까?"

"물론이지요. 상단뿐만 아니라 공장도 설립하세요. 그리고 내년부터는 상무사의 무역 독점도 철폐할 겁니다. 그러니 해외 교역을 위한 무역 회사 설립도 추진해 보시고요."

편전이 술렁였다.

"다시 말씀드리지만, 부정부패는 절대 용서하지 않습니다. 그러나 건전한 투자와 자산 증식에 대해서는 적극 도와줄 용의가 있습니다. 상무사가 투자도 해 줄 겁니다. 그러니 조언을 구하시려면 언제라도 상무사나 저를 찾아 주세요."

과거에는 자산 증식이나 사업에 관한 내용이 편전에서 거론되는 경우가 없었다. 그러나 상무사로부터 시작된 중상주의 사상이 발전하게 되면서, 대신들도 거리낌 없이 의견을 내놓게 되었다.

대신 중 누군가 질문했다.

"저하! 하오면 가문끼리 연합해서 사업을 영위해도 되옵니까?"

"물론이지요. 이전에 주식회사라는 개념을 설명한 적이 있을 겁니다. 사업을 시작하려면 많은 자본이 필요합니다. 그런 자본을 모으려면 당연히 여러 주주의 투자가 필요하고요. 그런 경제활동을 지원하기 위해 상법도 새로 제정하지 않았습니까?"

대신들이 서로를 바라보며 눈을 빛냈다.

국왕이 정리했다.

"천도를 거론하다 너무 사족이 많아졌다. 그러니 여기서 그만 정리하라."

"예, 전하!"

백동수가 나섰다.

"전하, 세자 저하께서 없어진 영은문을 보며 개선문에 대한 말씀이 있으셨습니다."

이러면서 개선문에 대해 설명했다.

국왕이 두말하지 않았다.

"아주 좋은 생각이다. 영은문 자리에 개선문을 건립하는 사안과 자금성을 헐어 새로운 황성의 재료로 활용하자는 사안은 다르지 않다. 더구나 개선문 건설은 백성들의 사기 진작에도 큰 도움이 될 터이니 내일이라도 당장 시작하도록 하라!"

세자가 몸을 숙였다.

"소자의 청을 들어주셔서 황감하옵니다. 개선문 건설은

개혁군주

상무사 건설부에 지시해 설계부터 제대로 그려 오라 하겠습니다."

"오냐. 그렇게 하라."

국왕이 모두를 둘러봤다.

"연회 전에 잠시 여담을 나누려던 자리가 길어졌소. 자! 모두 일어나 춘당대로 움직입시다."

"예, 전하."

춘당대 연회는 성대하게 개최되었다.

장악원의 악사가 아악을 연주했으며, 무희들이 화려한 칼춤을 선보이며 흥을 돋우었다. 세자도 모처럼 긴장을 풀고 마음 편히 연회를 즐겼다.

❀

비슷한 시각.

경복궁 앞 육조거리에는 남사당 패거리와 농악대 등이 어울렸다. 사축서(司畜署)가 백여 마리의 소를 도축했으며, 내섬시(內贍寺)에서는 무관들에게 진귀한 술까지 내놓았다.

일반 장병들을 위한 막걸리는 한양 일대에서 대거 조달되었다. 축제는 사흘 동안 이어졌으며, 장병들도 한양의 백성들도 하나가 되어 즐겼다.

조선이 건국하고 이런 경우는 한 번도 없었다. 사흘 동안

한양이 온통 축제판이었지만, 놀랍게도 단 한 건의 사고도
일어나지 않았다.

이런 와중에도 세자는 바빴다.

춘당대 연회 다음 날, 세자는 상무사 전체 회의를 소집했
다. 그 자리에서 요양 천도가 확정되었음을 알려 주면서 개
선문 건립을 지시했다.

세자는 오래전부터 천도를 연구해 왔다.

대양으로의 진출을 위해서는 한양도 나쁘지는 않았다. 그
러나 대륙을 경영하는 데에는 지리적 문제점이 적지 않았다.

특히 고조선과 고구려의 정통성을 확보하기 위해서라도
천도는 불가피했다. 더구나 앞으로 조선의 발전에 장애가 될
경화 사족 문제를 해결하기 위해서는 더 그러했다.

"외숙."

"예, 저하."

"그동안 상무사를 이끌어 주시느라 고생이 많았습니다."

박종보가 펄쩍 뛰었다.

"아닙니다. 저하의 승낙도 받지 않고 덜컥 관직을 제수받
아 송구하기 짝이 없사옵니다."

"아닙니다. 국정이 우선이지요. 전임 호판 대감이 갑자기
돌아가시는 바람에 그리된 것을요. 더구나 중신들이 대거 외
숙을 천거하셨다면서요?"

"그렇기는 하옵니다."

"그러면 되었습니다. 어쨌든 호판에 선임되신 것을 거듭 축하드립니다."

"감사합니다. 지난 10여 년의 시간은 신에게 너무도 귀중했사옵니다. 덕분에 세상을 넓게 보는 눈도 키웠으며, 무엇보다 경영이 무엇인지 알게 되었습니다. 그 점에 대해 저를 상무사 대표로 선임하셨던 저하께 진심으로 감사드립니다."

세자가 웃으며 고개를 돌렸다.

"하하! 별말씀을 다 하십니다. 그보다 새로 선임된 오 대표에게 인수인계를 잘 부탁드립니다. 앞으로 상무사와 호조가 연계해야 할 일이 한두 가지가 아니니 두 분이 지금처럼 잘 협의해서 업무를 진행하세요."

박종보가 웃으며 인사했다.

"앞으로 잘 부탁드립니다, 오 대표."

오도원이 펄쩍 뛰었다.

"무슨 말씀을 그리하십니까. 도움은 오히려 제가 대감께 받아야지요. 그나저나 대외 업무만 맡던 소인이 업무를 총괄하게 되어 저하께 누가 되지나 않을지 걱정이옵니다."

세자가 다독였다.

"역량이 충분하시니 걱정 마세요. 그보다 앞으로 우리 상무사가 해야 할 일이 대폭 늘어납니다. 우선 조정과 협의해 개선문 건설부터 추진하시고요. 천도가 결정된 요양의 도시계획을 위한 인원도 별도로 편성해야 합니다."

박종보가 나섰다.

"호조도 별도의 부서를 만들어야겠지요?"

"물론입니다. 조정에서는 상신(相臣)을 도제조로 하는 황성 영건도감을 만들 겁니다. 그러니 호조에도 황도건설부라는 한시적 부서를 만드세요. 그런 뒤 상무사 건설부와 협의해서 일을 추진하면 될 겁니다."

"그렇게 하겠습니다."

"외숙, 설계는 김홍도가 담당하게 하세요. 그 사람을 중심으로 도화서 화원들에게 의뢰하면 최고의 도면을 작성해 줄 겁니다."

"감수는 저하께서 하실 것이지요?"

"당연히 그렇게 해야겠지요."

"알겠사옵니다."

오도원이 의외의 제안을 했다.

"저하! 자금성을 해체해 새로운 황성 건설에 활용한다고 하셨습니다. 그러면 북경 별궁 중 가장 아름답다고 소문난 원명원의 건물도 철거해 이전하는 건 어떻겠는지요?"

세자가 반문했다.

"원명원도 이전하자고요?"

"예, 그렇습니다. 황도를 제대로 건설하려면 태자하의 물줄기를 끌어와서 활용해야 합니다. 그리되면 자연스럽게 가산을 만들 흙도 현지에서 얻을 수 있게 됩니다. 그리고 태자

개혁군주

하의 물이 풍부해서 원명원과 같은, 호수가 절반인 별궁도 쉽게 건설할 수 있을 것이옵니다."

박종보도 적극 동조했다.

"좋은 생각입니다. 한양도 그렇지만 요양도 별궁은 꼭 필요합니다. 기왕 별궁을 건설할 거라면 화려하다고 소문난 원명원 건물과 장식물을 이전해 오는 것도 좋은 방법입니다. 물론 모든 건물을 이전할 필요는 없지만요."

세자가 즉석에서 승인했다.

"그렇게 하세요. 그리고 화란양행과 협의해 서양 건축 기술자들도 대거 초빙해 오세요."

오도원이 바로 알아들었다.

"아! 황성 건설에 서양 건물도 대거 접목하려고 하시옵니까?"

"그래요. 우리도 그렇지만 자금성과 같은 목조건물은 늘 화재에 취약해요. 반면에 서양 건물은 석재를 많이 활용해서 비교적 안전하지요. 그리고 2, 3층으로 건물을 지으면 부속 건물의 수를 크게 줄일 수도 있고요."

"그러나 황성의 상징인 대전은 우리식으로 지어야 하지 않겠사옵니까?"

"물론이지요. 주요 건물은 당연히 우리식으로 지을 겁니다. 그 대신 부속 건물의 일부는 실용적인 서양식으로 지으려고 해요. 특히 사고전서나 각종 서적을 보관하는 도서관과 유물을 보관하고 관리하는 건물은 화재 예방을 위해서라도 반드시 그렇게 지어야 해요."

"화란양행과 적극 협의해서 조치하겠습니다."

세자는 필요한 사항을 잠시 나열했다. 오도원은 이러한 지적 사항을 빠짐없이 필기했다.

✸

며칠 후.

국왕의 부름에 세자가 편전을 찾았다.

"찾아 계시옵니까, 아바마마."

"그래, 조정에서 길일을 정했다고 하는구나."

세자가 영의정 이가환을 바라봤다.

"날짜가 언제로 정했습니까?"

"9월 초하루로 정했습니다."

"기한이 너무 촉박하지 않나요?"

"청국 환관들이 도와주어서 준비는 차질 없이 진행되고 있습니다. 단지 원구단(圜丘壇)이 그때까지 완성을 볼 수 있을지가 문제일 뿐입니다."

세자가 공조판서 박종래(朴宗來)를 바라봤다.

"어떻게, 그때까지 완공할 수 있겠습니까?"

박종래가 고민으로 가득한 표정을 지었다.

"날짜가 너무 촉박하옵니다. 하늘에 제를 지내는 본단(本

개혁군주

壇)은 석재로 만든 단에 둥근 지붕을 씌우면 되어서 이미 대강의 형태는 완성을 보았습니다. 그러나 그도 석재 가공이 아직 남아 있습니다. 그리고 태조황제 폐하와 천신들의 위패를 봉안해야 할 황궁우(皇穹宇)는 이제 겨우 기초를 다지고 기둥을 세우는 중입니다."

세자가 영의정을 바라봤다.

"대감, 공판 대감의 설명에 따르면 그때까지 원구단의 완성은 어려울 거 같습니다. 혹시 다른 날을 가져온 것이 있습니까?"

"그러면 10월 초하루는 어떻겠습니까? 이게 두 번째로 좋은 날입니다."

세자가 공조판서를 바라봤다. 박종래는 그런 시선을 받고는 난감해하며 쉽게 답을 주지 못했다.

세자가 대안을 제시했다.

"인원을 배로 늘리면 어떻겠습니까?"

박종래가 고개를 저었다.

"무조건 인부들만 늘린다고 공기가 빨라지지 않습니다. 원구단에는 많은 석재가 사용됩니다. 그런데 아쉽게도 유능한 석공을 구하기가 쉽지 않사옵니다."

"그러면 우선 인력부터 대대적으로 보강하세요. 부족한 석공은 북경 일대와 강남 백련의 도움을 받도록 조치할게요."

박종래의 표정이 환해졌다.

"저하께서 그렇게만 해 주신다면 무조건 완성해 보이겠습니다."

세자가 지적했다.

"원구단은 남별궁을 허물고 그 자리에 짓고 있지요?"

"그렇습니다."

"남별궁은 임진왜란 당시 이여송이 머문 이후 청국 사신들의 숙소로 사용되어 왔습니다. 그런 남별궁이니만큼 중국의 색깔이 완전히 없어지도록 철저하게 정리를 하세요."

"이미 그런 조치를 취했사옵니다. 남별궁의 담장조차 기왓장 하나 남기지 않고 완전히 허물고 새롭게 조성하고 있습니다."

"잘하고 계시네요. 아바마마께서 천자가 되셔서 처음으로 제를 올리는 장소입니다. 공기가 촉박하다고 해서 절대 소홀히 하면 아니 됩니다."

"조금도 성려하지 않으셔도 되옵니다. 장인들은 물론이고 일반 인부들이 너무도 열정적으로 공사에 임하고 있습니다. 그 바람에 감독관들이 따로 지시를 내리지 않아도 될 정도입니다."

"그렇다면 다행이네요."

"기회가 되면 저하께서 방문해서 격려를 해 주시면 더 사기가 올라갈 것입니다."

"알겠습니다. 오늘이라도 당장 찾아가겠습니다."

이때였다.

"전하! 제물포에서 급보가 당도했사옵니다."

국왕의 용안이 커졌다.

"어서 들어와서 고하라!"

대전 내관이 급히 안으로 들어왔다.

"무슨 급보라고 하느냐?"

"대륙 강남에서 백련교의 사신이 승전을 축하하는 사절을 보냈다고 하옵니다."

국왕이 반색했다.

"오! 그래? 사신들은 지금 어디에 있느냐?"

"제물포에서 상무사의 배를 갈아타고 한강을 올라오는 중이옵니다."

영의정이 고개를 숙였다.

"전하! 하례드리옵니다. 저들이 비록 백련교라는 불교의 일파를 믿고 있지만 은혜를 아는 자들이 분명하옵니다."

우의정 이시수도 가세했다.

"맞는 말씀이옵니다. 세자 저하의 도움이 없었다면 저들의 오늘은 없었을 것이옵니다. 그런 사정을 알고 있는 것을 보니 그래도 믿을 수 있는 자들인 것 같사옵니다."

세자가 나섰다.

"아바마마께 드릴 말씀이 있사옵니다."

"오냐, 무슨 말인지 해 봐라."

"저들은 곧 건국을 하게 됩니다. 국명을 송으로 해서요. 그렇게 되면 명나라 이후 오랜만에 한족의 나라가 대륙에 세워집니다. 자찬이지만 그런 기틀을 저와 상무사가 마련해 주었다고 해도 과언이 아닙니다."

국왕도 이 부분을 인정했다.

"나도 그렇다는 말은 들었다."

"소자는 그것이 바로 진정한 재조지은(再造之恩)이라고 생각하옵니다."

그 말에 국왕과 조정 대신들이 깜짝 놀랐다.

개혁군주

칭제건원

　세자의 말이 이어졌다.

　"과거 우리는 명나라에게 큰 도움을 받았었습니다. 물론 그 대가를 톡톡히 치렀지만, 우리는 늘 명의 재조지은에 대해 생각을 해 왔습니다. 청나라가 강성해질수록 더 그랬고요."

　모두의 고개가 동시에 끄덕여졌다.

　"그러나 이제는 그런 마음의 빚을 벗어 버려도 된다고 생각합니다. 여러분은 상세한 내용을 잘 모르겠지만, 백련교가 송을 건국하게 된 결정적 역할을 우리가 했습니다."

　영의정 이가환이 얼른 나섰다.

　"저하! 명의 재조지은에 대해 마음을 빚을 갖고 있지 않은 조선의 유자는 없습니다. 황공하오나 그동안 어떤 일이 있어

왔는지 설명해 주실 수 없는지요?"

국왕도 나섰다.

"그렇게 해라. 과인도 아주 궁금하구나."

"그러면 간략하게 설명드리겠습니다."

모든 대신이 눈을 빛냈다.

세자가 천천히 설명을 시작했다.

본래는 간략하게 설명하려 했다. 그러나 상황을 모르는 대신들의 질문이 이어지면서 결국 그동안의 과정을 하나하나 설명할 수밖에 없었다.

설명이 이어지면서 대신들은 몇 번이고 탄성을 터트렸다. 그런 대신들의 얼굴은 시간이 갈수록 붉어지다 뿌듯함으로 가득해졌다.

이가환이 길게 탄성을 터트렸다.

"아아! 그 정도면 건국에 결정적 도움을 우리가 준 것이 확실하군요."

"그렇습니다."

"그런데 왜 진정한 재조지은이라는 말씀을 하시는지요?"

"명나라가 멸망했어도 한족들은 마음속에서 명을 쉽게 버리지 못했을 겁니다. 그러나 시간이 흐를수록 명에 대한 동경은 없어졌을 거예요. 그런데 우리가 송이 건국되게 도와주었습니다."

"한족의 마음을 헤아려 재조지은이란 명칭을 쓰신 거로군요."

"그렇습니다. 한족이 마음속에 품고 있던 나라를 실질적으로 만들어 준 것이지요. 그래서 진정한 재조지은이라는 정의를 한 것입니다."

국왕이 핵심을 짚었다.

"좋은 의견이다. 그런데 세자가 재조지은을 거론한 까닭이 따로 있겠지?"

"그렇사옵니다. 이번 기회에 우리가 명나라에 갖고 있는 마음의 빚을 벗었으면 하옵니다. 이제 대륙의 주인은 우리인데 언제까지 명나라의 그림자를 지고 살 필요는 없지 않겠습니까?"

"만동묘를 없애자는 말이구나."

"그렇습니다. 그리고 숭정(崇禎) 연호도 영력(永曆) 연호도 사용을 금지해야 하옵니다."

숭정은 명의 마지막 황제의 연호이고 영력은 남명의 마지막 황제의 연호다.

세자의 발언에 영의정 이가환이 의문을 제기했다.

"저하! 10월 초하루에 우리 전하께서 칭제건원을 하면 연호가 반포됩니다. 그러면 자연히 명의 연호는 없어질 터인데, 그걸 구태여 금지할 필요가 있겠사옵니까?"

"조사에 따르면 일부 유생들이 아직도 사대주의를 버리지 않고 있다고 합니다. 송이 건국하면 그런 유생들은 송을 사대할 가능성도 있습니다. 만일 그런 일이 발생한다면 국론이

분열될 가능성도 있음을 간과해선 아니 됩니다."

쾅!

국왕이 손으로 탁자를 쳤다.

"세자의 말이 맞다. 나라가 대륙의 주인이 되고 대국이 되었음에도 아직까지 사대모화를 운운하는 자들이 있다는 건 나라의 수치다. 그러니 칭제건원 하기 전에 만동묘를 확실히 철폐하고 명나라 연호의 사용도 엄금하도록 조치하라."

국왕이 처음으로 사대모화를 나라의 수치라고 천명했다. 군사를 자임하는 국왕의 이러한 결정은 어마어마한 파급효과를 갖고 있었다.

대신들이 일제히 고개를 숙였다.

"명심하여 거행하겠사옵니다."

세자가 국왕에게 머리를 숙였다.

"소자의 청을 들어주셔서 감읍하옵니다."

"아니다. 너의 지적은 너무도 당연하다. 만시지탄이라 할 수 있지만, 지금이라도 바로잡았으니 그나마 다행이다."

편전에서의 논의는 여기서 마감을 했다.

세자는 동궁으로 돌아와 휴식을 취하다, 백련교 사신이 도착했다는 전갈을 받고 대전으로 갔다.

대전에는 많은 대신이 나와 있었다.

이들과 인사를 나누는 동안 사신들이 도착했다. 대전 내관의 안내를 받아 안으로 들어오는 사신들 중 낯익은 사람들이 보였다.

세자가 그들을 환대했다.

"요 대인과 송 대인이 오셨네요. 두 분을 오랜만에 보는군요."

요지부와 송지청이 감격했다.

요지부가 두 손을 모아 쥐었다. 그러고는 정확히 존칭을 써 가며 인사를 했다.

"세자 저하께서 저희를 잊지 않으셨군요."

"하하! 당연히 기억하지요. 몇 년 전이지만 언젠가 이렇게 다시 만날 줄 알고 있었습니다."

"황감하옵니다."

송지청도 두 손을 모았다.

"소인들을 기억해 주셔서 감사하옵니다."

"아니에요. 잘 오셨어요. 이렇게 뵙고 보니 너무도 반갑군요."

요지부가 자신을 소개했다.

"먼저 저희를 소개하겠습니다."

이어서 차례로 십여 명의 면면을 소개했다. 세자는 그들의 편제가 이미 국가 체제로 운영되고 있음을 듣고서 놀랐다.

"요 대인이 승상이시라니 축하드립니다."

요지부가 두 손을 모았다.

"감사합니다. 불민하지만 주위의 권유를 뿌리치지 못해 중책을 맡게 되었습니다."

"대인이라면 나라를 잘 이끌어 나갈 겁니다. 그러면 나라의 군주는 어느 분이 맡게 되었는지요?"

"본교의 교주였던 유송(劉松) 교주의 동생이신 유지협(劉之協) 대인이 왕위에 오르기로 했습니다."

"유 대인이 교주의 동생이었군요."

"그렇습니다."

"그러면 왕총아 총교두는 어떻게 되는 건가요? 그녀도 정치에 참여합니까?"

"아닙니다. 왕 총교두는 교에 남기로 했습니다. 그런 그분의 뜻을 받들어 교주로 추대를 했습니다."

"흐음!"

송지청이 나섰다.

"그리고 여기 요 대인과 저는 교도들의 추대를 받아 각각 왕작의 서임도 받게 되었습니다."

"오! 그거 아주 잘되었군요. 축하드립니다."

요지부가 크게 웃었다.

"하하하! 감사합니다. 이거 귀국의 승전을 축하드리기 위해 방문을 했는데 저희가 축하 인사를 받게 되었습니다."

영의정 이가환이 나섰다.

"백련은 언제 건국을 할 것이지요?"

"요지부가 설명했다.

"저희는 바로 해도 무방합니다. 그러나 앞으로 우리가 모실 귀국이 아직 칭제건원을 하지 않아서 때를 기다리고 있었

개혁군주

습니다."

이가환이 깜짝 놀랐다.

"아니, 우리 때문에 기다렸다고요?"

"그렇습니다. 강남에 터를 잡아 건국하는 우리가 제국을 천명할 수는 없는 일입니다. 그렇다고 귀국이 아직 칭제건원도 하지 않은 터여서 먼저 건국을 할 수도 없었고요. 그래서 귀국이 청국에 승리할 때까지 기다려 왔습니다."

대신들이 크게 술렁였다.

이가환도 놀란 기색을 숨기지 않았다.

"그대들이 우리를 이토록 중히 여기고 있을 줄 몰랐습니다. 말씀만 들어도 감사합니다."

요지부가 고개를 저었다.

"절대 그렇지 않습니다. 조선의 세자 저하가 아니었다면 우리는 진즉에 무너졌을 겁니다. 우리가 몇 번의 역경을 이겨 내고 나라를 건국할 수 있었던 것은 전적으로 귀국과 세자 저하 덕분입니다."

요지부가 세자에게 몸을 돌렸다. 그러자 함께 온 사신들도 일제히 세자를 바라보며 두 손을 모았다.

요지부가 두 손을 모으며 다짐했다.

"우리 백련은 조선과 세자 저하의 은혜를 언제라도 잊지 않을 것입니다. 그런 우리는 귀국이 칭제건원을 하면 언제까지라도 상국으로 모실 것을 약속드립니다."

이때였다.

"주상 전하께서 납시었사옵니다!"

대전의 문이 열리며 국왕이 들어왔다.

대신들과 사신들은 몸을 숙였다. 국왕이 대전을 가로질러 수미단으로 올라가 좌정했다.

국왕이 요지부와 일행을 바라봤다.

"그대들이 백련의 사신들인가?"

"예, 그러하옵니다."

이어서 요지부가 일행을 소개했다.

그러고는 국왕에게 오배삼고지례(五拜三叩之禮)를 올렸다. 오배삼고지례는 명나라 시절 속국의 사신이 황제에게 올렸던 극공의 예절이다.

백련교가 올린 예에 국왕도 놀라고 대신들도 크게 놀랐다. 정중히 국왕에게 예를 마친 요지부가 무릎을 꿇고서 두 손을 모아 높이 들었다.

"멀리 강남의 외신이 대륙의 주인을 알현하옵니다. 만세! 만세! 만만세!"

"강남의 외신이 대륙의 주인을 알현하옵니다. 만세! 만세! 만만세!"

최고의 예의였다.

대신들은 이런 예절에 몸이 굳었다. 국왕도 용안을 붉히며 몸을 부르르 떨었으나 이내 신색을 수습하고서 답례했다.

개혁군주

"먼길을 오느라 고생이 많았다."

"황공하옵니다."

"밖에서 그대들이 하는 말을 들었다. 우리의 승리를 기다리고 있을 줄은 몰랐구나. 참으로 그 정성이 갸륵해서 과인이 많이 놀랐다."

송지청이 나섰다.

"세자 저하께서 우리를 도와주신 것에 비하면 아무것도 아닙니다."

"그런데 백련이 건국하면 우리를 상국으로 모신다고 했는데, 맞느냐?"

"그러하옵니다."

국왕이 고개를 저었다.

"너희의 정성이 갸륵하기는 하다. 그러나 그렇게 하면 반드시 문제가 발생할 수밖에 없다."

요지부가 당황한 표정을 지었다.

"무엇이 문제가 된다는 말씀이옵니까?"

"너희가 건국할 송은 한족이 주축인 나라다. 그런데 문제는 한족의 자부심이 남다르다는 데 있다. 생각해 봐라. 강남의 콧대 높은 유생들이 과연 너희의 생각을 쉽게 받아들일 수 있는지 말이다."

요지부가 쉽게 대답하지 못했다.

"……."

"그것 봐라. 너희들은 불교의 일파인 백련교도들이다. 그런 백련이 세운 나라를 강남 유림이 추종하는 건 오로지 한족의 나라이기 때문이다."

요지부도 인정했다.

"전하의 말씀이 맞습니다. 강남 유림은 처음에 우리에게 상당히 배타적이었습니다. 그러다 우리가 반청복송의 기치를 내걸면서부터 급격히 우리를 따르게 되었습니다."

"그게 바로 송이 한족의 나라라는 명분 때문이다. 너희가 우리를 상국으로 모시겠다는 마음은 나쁘지 않다. 그러나 양국이 오래도록 공생하기 위해서는 상국과 종속국의 관계보다 양국이 형제지교를 맺는 게 좋다. 그래야 청국과 형제지교를 맺은 형평성에도 부합된다."

국왕이 딱 잘라 정의했다.

세자는 내심 놀랐다.

'대단하시구나. 송이 상국으로 모신다면 당연히 받아들일 줄 알았는데 그게 아니야. 아바마마께서 미묘한 국제 관계를 이유로 들면서 명쾌하게 양국 관계를 정리해 주셨어.'

백련으로도 당연히 기뻐할 일이었다. 요지부가 감격한 표정으로 두 손을 모아 거듭 흔들었다.

"전하의 하해와 같은 성은에 외신은 오직 감읍할 따름이옵니다. 조선이 대륙의 주인이 된 연유가 성군이신 전하가 계셨기 때문이란 사실을 오늘에야 비로소 알게 되었사옵니다."

개혁군주

송지청도 적극 동조했다.

"전하의 옥음을 강남의 백성들이 들었다면 두 팔을 벌려 춤을 출 것입니다. 너무도 황감하고 또 황감하옵니다."

국왕이 너털웃음을 터트렸다.

"허허허! 그만들 일어나라. 예를 표시하는 건 좋지만 오래 무릎을 꿇고 있는 모습은 보기 좋지가 않구나."

"전하의 하해와 같은 성은에 감읍하옵니다."

요지부가 인사를 하고 일어났다. 그 뒤를 이어 백련교의 사신들이 줄줄이 일어났다.

요지부가 가져온 문서를 바쳤다.

"본교를 대표한 왕 교주님의 친서이옵니다. 아울러 이번에 제위에 오르실 유 대인의 친서도 동봉되어 있습니다."

두 손으로 공손히 바친 문서를 상선이 받아 국왕에게 전달했다. 국왕이 헛기침을 하고서 문서함을 열어 두루마리를 펼쳤다.

그런 국왕의 용목이 커졌다.

"놀라운 일이구나. 이 문서는 한글과 한문으로 작성되어 있구나."

"다행히 상무사와 거래를 하면서 한글을 제대로 교육받을 수 있었습니다. 그래서 귀국과의 공식 외교문서는 앞으로 정본을 한글로, 부본은 한문으로 작성을 할 예정입니다."

국왕이 반색했다.

"오! 정녕 그 말이 사실이더냐?"

영의정 이가환도 놀라 반문했다.

"외교문서를 한글로 정본을 만들겠다고 했소?"

"그렇습니다."

요지부가 세자를 바라봤다.

"이런 결정을 하게 된 것은 귀국의 세자 저하께서 우리에게 보여 주신 믿음 덕분입니다. 그리고 그런 믿음에 입각한 지원이 오늘의 우리를 있게 한 답례입니다."

곳곳에서 탄성이 터져 나왔다.

"우리가 처음 거병했을 때는 건국을 염두에 두지 않았습니다. 그러다 상무사의 지원으로 세력이 커지게 되었고, 그 와중에 몇 번의 부침을 겪으면서 생각을 달리하게 되었습니다. 그런 변화의 중심에는 세자 저하의 결정적 조언이 있었고요."

국왕이 확인했다.

"세자가 반청복송의 기치를 내걸도록 조언을 한 사실을 말함이더냐?"

"그러하옵니다. 그 기치를 내걸면서 우리는 강남 유림의 적극적인 지지를 얻게 되었습니다. 그때부터 상인들도 대거 우리를 지원해 주었고요. 상무사도 꾸준히 우리를 지원해 주었으니, 그런 귀국의 은혜를 보답하기 위해 이와 같은 결정을 하게 되었습니다. 그리고 이러한 결정은 우리 백련의 지

휘부가 합의하여 결정한 사안이니 추후에도 변화는 없을 것
이옵니다."

"아주 고마운 일이구나."

"예, 그리고 귀국의 승리를 축하하는 예물을 가져왔사옵
니다. 약소하지만 전하께서 해량하시어 거둬 주시기를 바라
옵니다."

상선이 고했다.

"백련이 가져온 진상품은 대전 앞에 전시해 놓았습니다."

"대전 앞문을 열어 보라."

내관이 대전의 앞문을 활짝 열었다. 그러자 사신이 가져온
상자들이 밖에 줄지어 늘어서 있었다.

상선이 사신이 준 목록을 읽어 나갔다. 백련교가 가져온
물건들은 강남의 특산품이었다.

과거였다면 모두 진귀한 물품이었다. 그러나 교역이 일상
화되면서 백련이 가져온 특산품은 그저 성의 표시에 지나지
않았다.

이 점을 백련교도 알고 있었다.

"저희는 아직 여러모로 부족한 부분이 많습니다. 그래서
이 정도의 예물밖에 가져오지 못했사옵니다."

국왕이 손을 들어 제지했다.

"그만하라. 예물은 정성이 중요하지, 가치가 중요한 것이
아니다. 예조판서는 들어라."

"예, 전하."

"백련교가 가져온 예물을 고이 접수하라. 아울러 저들에게 내줄 답례품도 정성을 다해 준비해야 할 것이다."

"성심을 다해 받들겠사옵니다."

이만수가 나서서 백련교가 가져온 예물 상자를 옮기게 했다. 그 모습을 잠시 바라보던 국왕이 지시했다.

"멀리서 사신이 왔으니 이 어찌 기쁘지 않을쏘냐. 세자는 저들을 위한 연회를 베풀어 주도록 하라. 영상은 예빈시(禮賓寺)에 영을 내려 준비에 소홀함이 없도록 하라."

백련은 아직 건국하지 않았다.

더구나 먼저 속국을 자처한 그들에게 국왕이 직접 연회를 베푸는 건 격이 맞지 않는다. 그래서 세자로 하여금 사신들을 대접하게 했다.

세자가 몸을 숙였다.

"성은이 하해와 같사옵니다."

예빈시에서 연회를 준비하기 위해서는 시간이 필요했다. 세자가 국왕에게 인사를 드리고는 백련교 사신들을 태평관으로 안내했다.

태평관(太平館)은 모화관, 남별궁과 더불어 중국 사신을 접대하는 장소다. 본래는 고려 시대 원나라가 일본 정벌을 위해 세운 정동행성이었다.

그러다 원나라가 물러나면서 비워진 건물을 고쳐 중국 사신을 접대하는 용도로 사용해 왔다. 그런 태평관이 모화관과 남별궁이 없어지면서 백련교의 숙소가 된 것이다.

세자가 백련교 사신과 마주 앉았다.

요지부가 두 손을 모았다.

"하례드리옵니다. 칭제건원의 날짜가 정해졌다고요."

"고맙습니다. 제물포에서 소식을 전해 들었나 보군요."

"그렇사옵니다. 그런데 북경이 아닌 요양으로 천도를 한다는 말을 들었습니다. 그게 정녕 사실이옵니까?"

"그렇습니다. 우리는 북경이 아닌 요동의 요양을 새로운 황도로 결정했습니다."

요지부가 고개를 갸웃했다. 대륙의 한족에게 북경은 단순한 수도 이상의 의미가 있었기 때문이다

"북경은 원나라 이래 역대 왕조가 수도로 삼은 도시입니다. 그런 북경을 버리고 요양을 수도로 삼는 게 이해가 되지 않습니다."

"요 대인의 시각에서 보면 그렇지요. 그런데 우리에게 북경은 오욕과 한이 서린 곳이지요. 그리고 너무 대륙에 치우쳐 있어서 북방과 이곳 본토를 통치하는 데 상당한 제약이 따릅니다. 그래서 우리의 고토였던 요동의 중심에 황도를 건설하려는 겁니다."

요지부가 크게 고개를 끄덕였다.

"맞습니다. 귀국에게 북경은 결코 환영받을 땅은 아닙니

다. 거기다 지리적으로도 불편한 부분도 상당하고요."

"그렇습니다."

"황도와 황성을 건설하려면 막대한 예산이 투입되겠군요."

"그렇다고 봐야지요. 이번 대업을 치르면서 요양이 거의 초토화되었거든요."

"미력하나마 저희가 도움을 드릴 방도가 있겠습니까?"

세자가 고개를 저었다.

"우리는 몇 년 전부터 준비하고 있어서 크게 부족한 부분은 없습니다. 청국에게 배상으로 5억 장의 황금 유리기와와 1억 장의 황금 벽돌을 진상받기로 했고요."

"황성을 축성하려면 녹나무도 많이 필요할 텐데요."

"녹나무도 남방에서 대량으로 벌채해 목재로 쌓아 두고 있습니다."

요지부가 아쉬워했다.

"아쉽군요. 귀국의 황성 건설에 도움이 되는 일이 있었다면 좋았을 텐데요."

"음! 그러면 이건 어떻습니까? 귀국이 포로로 잡은 청군이 얼마나 되지요?"

"족히 수만은 될 것입니다."

"그들을 어떻게 처리하고 있나요?"

"아직은 별다른 일을 시키지는 않고 있습니다. 그래서 지금은 그저 전장 정리나 농사를 짓는 데 동원하고 있을 뿐입니다."

"청국과 종전이 된다고 해도 그들을 돌려보낼 수는 없겠지요?"

"물론입니다. 적은 숫자도 아니고 수만이 넘는 병력입니다. 그들을 돌려보내면 당장 문제가 될 터여서 그렇게 할 수도 없습니다."

"그렇다고 해방시켜 줄 수도 없고요."

요지부의 안색이 흐려졌다.

"그래서 고민이 많습니다. 우리 백련은 백성들의 고단함을 덜어 주기 위해 교를 창시했습니다. 그런 교의 취지에 따른다면 포로라고 해서 함부로 할 수는 없는 일입니다."

"대부분이 같은 한족이어서 더 그렇겠군요."

요지부가 한숨까지 내쉬었다.

"후! 아니라는 말씀을 드리지는 못하겠습니다. 그렇지 않아도 청군 포로들에 대해 이런저런 말들이 많습니다."

왕지청도 거들었다.

"솔직히 걱정입니다. 그들을 돌려보내자니 바로 적군이 될 것이고, 그렇다고 풀어 주자니 불만 세력으로 바뀔 것이 자명합니다. 그래서 지금은 이도 저도 못 하고 있는 상황입니다."

세자가 슬쩍 제안했다.

"그들을 우리에게 보내는 건 어떻게 생각합니까?"

요지부가 크게 놀랐다.

"포로들을 귀국으로 보내라고요?"

"그렇습니다. 시간이 지날수록 청국 포로는 귀국에 계륵(鷄肋)처럼 될 겁니다. 청국과 종전한다고 해도 협상 과정에서 결정적 쟁점이 될 가능성이 높고요."

"으음! 아무래도 그럴 가능성이 높겠지요. 청국으로서는 손쉽게 전력화할 병력을 그냥 두고 보지는 않겠지요."

"맞습니다. 그렇다고 해서 나라를 빨리 안정시켜야 하는 귀국으로선 그들의 청을 무조건 거부하기도 어려울 겁니다. 그러니 포로들을 우리에게 보내세요. 그리되면 청국도 거기에 대해 이의를 제기하지 못할 겁니다."

"그런데 포로들을 돌려보내는 게 종전의 조건이라고 하면 어떻게 합니까?"

"하하! 조금도 걱정 마세요. 청국이 그렇게 나오면 그 문제를 우리에게 미루도록 하세요. 그러면 우리가 나서서 정리를 해 드리지요."

요지부가 고개를 갸웃했다.

"그게 가능하겠습니까?"

"예, 가능합니다. 내년에 우리는 청국으로부터 군왕과 황자를 인질로 받습니다. 우리는 이번에 항복 협상을 하면서 청국의 편의를 많이 챙겨 주었어요. 그런 우리의 말을, 청국은 절대 무시하지 못합니다. 아니, 포로를 우리에게 보냈다고 하면 더 이상 다른 말을 못 할 겁니다. 물론 화를 내기는 하겠지만 이미 끝난 사안이라고 딱 자르세요."

"그렇게만 하면 되겠습니까?"

"예, 제가 장담합니다."

자신들의 은인인 세자의 말이었다.

요지부와 송지청은 서로를 바라보다 크게 고개를 끄덕였다. 그런 두 사람의 표정은 큰 걱정거리를 넘겨준 사람처럼 더없이 후련해 보였다.

요지부가 결정했다.

"좋습니다. 돌아가는 대로 정리를 하겠습니다."

"우리도 포로를 받을 준비를 해 놓지요."

"그런데 청군 포로들은 어떻게 활용할 계획이십니까?"

"우리 조선에는 수많은 공사 현장이 있습니다. 새롭게 편입한 영토에는 해야 할 일이 산더미고요. 포로들을 그런 현장에 투입할 계획입니다."

"그렇다면 돌려보내지 않으실 겁니까?"

세자가 고개를 저었다.

"앞으로 일정 기간은 돌려보내지 않을 겁니다."

"일정 기간이라 하시면……?"

"본래는 10년 노역을 생각했습니다. 그런데 청군 포로가 수십만이 될 정도로 많습니다. 그런 포로들을 10년 동안 노역시키고서 돌려보낸다면 그 자체로 우환덩어리가 됩니다."

"많아서 문제라는 말씀이군요."

"많아도 너무 많은 게 문제입니다. 그래서 강제 노역 기간을 좀 더 늘리려고 합니다. 그들이 다시 총칼을 들지 못할 정도의 나이가 될 때까지 잡아 둘 생각입니다."

송지청이 문제를 제기했다.

"청국이 기력이 다한 포로들을 받아들이겠습니까?"

"청국이 받아들이지 않아도 됩니다. 아니, 받아들이지 않는다면 우리에게는 더 좋지요."

"예? 그게 무슨 말씀입니까?"

"청국의 봉금령 지역을 아시지요?"

"만주 말씀입니까?"

"그래요. 만주는 끝도 없이 넓은 지역입니다. 그런 만주에 우리 백성이 이주한다고 해도 모든 땅을 다 개척할 수는 없어요."

"맞는 말씀입니다. 만주는 넓은 땅이지요. 나중에 포로들이 나이가 들면 거기로 보내시겠다는 말씀입니까?"

"그래요. 청군 포로들은 연령이 다양해서 어리면 십 대에서 오십 대도 있습니다. 그래서 순차적으로 노역을 중단시킬 수가 있지요."

요지부도 거들었다.

"아! 포로가 일정 연령이 되면 노역을 중단시키려는 거로군요."

"맞습니다. 나이가 너무 많으면 일의 능률이 현격히 떨어

개혁군주

집니다. 안전사고도 많이 발생하고요. 그런 포로들을 청국이 받아들이지 않으면 나라에서 운영하는 집단 농장에 수용하면 됩니다. 거기서 농사를 지으며 여생을 편하게 살도록 조치해 주면 그들도 큰 불만을 제기하지 않을 겁니다. 우리도 공공 용도로 사용할 양곡을 얻을 수 있고요."

송지청이 감탄했다.

"참으로 묘안입니다. 포로들도 청국이 자신들을 받아들이지 않는다는 사실을 알면 큰 반발을 하지는 않겠네요."

"맞습니다. 집단 수용에 따른 반발은 어느 정도 있겠지요. 그러나 모국이 자신들을 버린 터라 큰 문제가 일어나지는 않을 겁니다. 전쟁 포로는 본래 노예가 됩니다. 그렇게 되지 않은 것만 해도 저들로서는 감지덕지지요. 그리고 그들은 이미 한번 버림을 받은 상황이고요."

송지청의 고개가 갸웃했다.

"버림을 한 번 받았다고요?"

"그래요. 항복 협상을 하면서 청국은 포로 송환에 대한 문제를 일체 제기하지 않았습니다."

"아아! 그런 일이 있었군요?"

"아마도 몸값을 줄 형편이 되지 않아 그랬을 겁니다. 그런 사정이 소문이 나면서 청국 포로들은 큰 절망을 하게 되었지요. 특히 고위급 지휘관들의 상실감은 더 컸고요."

옆에 있던 요지부가 헛웃음을 터트렸다.

"하하! 청국이 큰 실수를 했네요. 아무리 몸값이 비싸다고 해도 주요 무관들은 무조건 데리고 갔어야지요. 그래야 나중을 도모할 수도 있는 것이고요."

"그게 우리도 의문이기는 합니다."

요지부가 두 손을 모았다.

"어쨌든 고맙습니다. 포로 문제로 골머리를 앓아 온 우리로서는 더없이 좋은 해결책이네요."

"하하! 맞습니다. 곧 건국할 송은 근심거리를 없애고, 우리는 국가 발전에 필요한 인력을 얻게 되니 서로에게 좋은 일이지요."

두 사람은 연신 고개를 끄덕이며 동조했다.

세자가 이들과 한동안 대화를 나누었고, 그러는 동안 연회가 준비되었다.

승전 이후 처음 온 사신이었다.

앞으로 어느 나라보다 긴밀하게 친교를 나누어야 할 나라다. 그런 송나라가 승전을 축하하며 먼저 머리를 숙이고 들어왔다.

연회는 그 어느 때보다 성대하게 진행되었다. 국왕은 격이 맞지 않아 참석하지 않았지만 몇 번이나 내관을 보내 관심을 보였다.

다음 날부터 며칠 동안 백련의 사신은 조선의 공업지역을 견학했다. 이들은 생각보다 발전해 있는 조선의 공업 기술에 큰 감명을 받았다.

그러나 기술 도입을 하지는 못했다.

세자는 공업단지를 견학시키기 전에, 시간을 두고 기술을 전수해 준다는 발언을 했었다. 그래서 아쉽지만 눈으로만 실컷 선진 기술을 견학하는 데 만족해야 했다.

며칠 동안 머무르던 사신들이 돌아갔다. 이들은 올 때보다 더 푸짐한 답례품을 받아 갔으며, 황제의 즉위식에 반드시 참석하겠다는 약조도 했다.

이들이 돌아가고 얼마 지나지 않아 강남의 석공들이 대거 조선을 찾았다. 강남 석공이 합세하면서 원구단 건설은 급속도로 진행되었다.

❀

10월 초하루.

드디어 고대하던 날이 밝았다.

국왕은 이른 새벽 혜경궁 홍씨를 찾았다. 그 자리에는 왕비를 비롯해 세자의 생모인 수빈 박 씨, 그리고 세자 부부와 세손도 함께했다.

아침 문안을 드리고는 국왕이 좌정했다.

"어마마마! 소자가 오늘 천자가 되옵니다."

혜경궁 홍씨가 눈물을 비쳤다.

"주상! 이 어미, 꿈인지 생시인지 모르겠습니다. 살아생전에 이런 날이 올 거라고는 감히 상상도 못 했습니다."

감격에 겨워하던 혜경궁 홍씨가 기어코 눈물을 보였다. 그런 어머니를 바라보던 국왕의 눈가도 붉어졌다.

"모두가 열성조의 보살핌 덕분입니다. 그리고 우리 세자가 있어서 오늘날 소자가 이런 광영을 얻게 되었사옵니다."

혜경궁 홍씨가 세자를 바라봤다. 그런 그녀의 눈은 더없이 자상하고 온화했다.

"고맙소, 세자. 세자의 지극한 노력이 있었기에 우리 주상이 천자가 되었어요. 이 할미는 그 모든 사정을 너무도 잘 알고 있습니다."

세자가 몸을 숙였다.

"아니옵니다. 모든 일은 아바마마께서 소자를 믿어 주셨기에 가능한 일이옵니다. 그러지 않았다면 대업을 성공하는 일은 요원했을 것이옵니다."

혜경궁 홍씨도 이 말에는 동조했다.

"세자의 말이 맞소. 전례를 보더라도 권력은 부자도 나누기 어렵지요. 그럼에도 우리 주상께서 과감하게 용단을 내리셔서 오늘의 영광을 누리게 된 것이지요."

"예, 아바마마의 혜안과 결단 덕분에 우리 조선이 대륙의 주인이 될 수 있었사옵니다."

개혁군주

"그런데 주상."

"하문하십시오, 어마마마."

"나라 이름은 그대로 조선으로 가는 거요?"

"아닙니다. 이제 우리도 천자의 나라가 되었으니 당연히 나라 이름을 한자로 정해야지요."

"오! 그럼 무엇으로 정한 것이오?"

국왕이 대답했다.

"한(韓)이라고 정했사옵니다."

"한이라면 우리 땅을 지칭하는 삼한(三韓)에서 따온 것이오?"

"한은 본래 우리말로 크고, 높고, 넓다는 의미입니다. 한양의 한이나 한강의 한도 여기서 유래되었습니다. 그리고 이번에 소자가 이어받을 몽골제국의 가한의 한도 마찬가지입니다. 그래서 이번에 정한 국호도 크고 넓은 나라라는 의미의 한국이라 정했사옵니다."

"오! 이 어미는 한이 그렇게 깊은 의미가 있는 줄은 몰랐소이다."

"예, 그러나 한자 표기를 할 때는 맞는 의미의 글자가 없어서 한(韓)을 차용하게 되었습니다."

혜경궁 홍씨가 크게 고개를 끄덕였다.

"그렇군요. 한국이라! 크고 높고 넓은 나라라. 그 말대로 지금의 우리나라 강역은 어마어마할 정도로 크고 넓은 게 사실이네요."

"맞습니다."

"그런데……."

혜경궁 홍씨가 말을 채 끝내지 못하고 얼버무렸다.

그런 모습을 본 세자가 몸을 숙였다.

"아바마마께서 제위에 오르시면 과거 임오년에 있었던 일도 함께 처리될 것이옵니다."

혜경궁 홍씨가 반색했다.

"그게 정말입니까?"

"예, 그렇습니다."

혜경궁 홍씨가 국왕을 바라봤다. 그러고는 울먹이는 목소리로 거듭 확인했다.

"주상, 정녕 세자의 말씀이 사실입니까?"

국왕도 눈자위가 일순 붉어졌다.

"그러하옵니다. 우리 세자가, 우리 세자 덕분에……."

국왕도 더 말을 잇지 못하고 용루를 흘렸다.

세자가 그런 국왕을 대신해 설명했다.

"아바마마께서 즉위하실 때 임오년의 일을 절대 거론하지 않겠다고 천명하셨습니다. 그 바람에 지금까지 할바마마의 신원에 대해 무수한 상소가 올라왔어도 내치실 수밖에 없었고요. 그러나 지금은 다릅니다."

혜경궁 홍씨가 바로 알아들었다.

"새로운 나라가 탄생하며 우리 주상이 천자에 등극한 덕분이군요."

"그렇사옵니다. 이제 나라가 달라졌습니다. 아바마마께서는 대한의 황제가 되셨사옵니다. 아울러 칭기즈칸 이래로 이어 온 몽골 초원의 주인인 가한이 되셨고요. 이런 천자의 부친이신 할바마마께서 죄인으로 남게 된다면 천하의 어느 누가 새로운 황실을 공경하겠습니까?"

국왕이 말을 이었다.

"세자가 노력을 많이 했습니다. 세자가 얼마 전 그 문제를 해결하기 위해 조정 중신들을 전부 불러 강력하게 요청을 했사옵니다. 그런데 놀랍게도 조정 중신들이 만장일치로 세자의 요청을 받아들였사옵니다."

혜경궁 홍씨가 깜짝 놀랐다.

"만장일치요? 조정이 많이 정리되었다고는 하지만 아직 벽파 중신들이 적잖습니다. 그런 중신들도 반대하지 않았다는 말입니까?"

세자가 설명했다.

"세상이 완전히 달라졌습니다. 아바마마께옵서 천자로 등극하시고 국호가 바뀌고 연호가 바뀐 것만이 전부가 아니옵니다."

"무엇이 또 달라지는 게 있습니까?"

"조정도 정부로 이름이 바뀌면서 정부의 내각 조직도 완전히 개편됩니다. 내각도 대국으로서의 면모를 일신하면서 대신의 지위가 지금보다 2배 이상 늘어납니다. 아울러 작위 제도가 시행되면서 신진 귀족도 대거 생겨납니다."

혜경궁 홍씨가 거듭 놀랐다.

"오오! 완전히 세상이 바뀌는 것이군요."

"그러하옵니다. 그리고 지방조직도 완전히 개편됩니다. 이러한 격동의 시기에 과거의 망령에 사로잡혀 있으면 누구건 바로 도태됩니다. 그런 사실을 모르는 중신은 아무도 없사옵니다. 아니, 있다면 그 사람은 벌써 시대에 뒤떨어진 낙오자에 불과합니다."

혜경궁 홍씨의 눈이 아련해졌다.

"아아! 놀라운 일입니다. 우리 세자의 말을 들으니 늙은 할미의 가슴도 더없이 벅차오릅니다."

"중신들은 소손의 요청에 만장일치로 동의해 줄 수밖에 없었습니다. 천지개벽이 되었다는 사실을 누구보다 잘 아는 사람들이니까요. 그래서 오늘, 아바마마께서 천자에 오르시면 할마마마께서도 태후에 오르시게 될 것이옵니다."

왕비와 내명부 여인들이 일제히 몸을 숙였다.

"하례드리옵니다, 마마."

혜경궁 홍씨는 벅차오르는 심정을 주체하지 못했다. 그녀는 연신 탄성을 터트리며 눈물을 흘렸다.

"아아! 아아! 이런 날이, 이런 날이 살아생전에 기어코……."

전각이 온통 눈물바다가 되었다.

국왕도 왕비도 수빈 등도 한동안 흘리는 눈물을 주체하지 못했다. 세자도 격한 감정에 절로 눈물이 흘러나왔다.

잠시 후.

겨우 감정을 추스른 혜경궁 홍씨가 입을 열었다.

"주상."

"예, 어마마마."

"당당해지세요. 새로운 제국의 천자로도 당당해지시고, 만백성의 어버이로도 당당해지세요. 그리고 이제는 억울하게 돌아가신 아바마마께도 당당해지시고요. 더하여 우리 세자에게도 당당한 아비가 되세요. 세손도 마찬가지고요. 이 어미, 오로지 바라는 건 오직 그것뿐입니다."

국왕이 약속했다.

"조금도 성려하지 마십시오. 소자, 지금부터 남은 혼을 모조리 불사르더라도 누구에게도 부끄럽지 않은 황제가 될 것입니다."

"믿습니다, 주상."

혜경궁 홍씨는 더없이 단단한 표정으로 국왕을 바라봤다.

국왕은 그런 모습을 보면서 몇 번이고 고개를 끄덕였다.

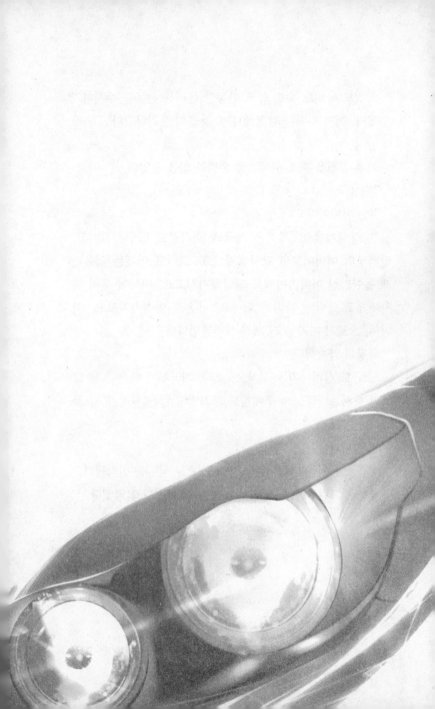

새로운 바람

　황제의 즉위식이 거행되었다.

　수많은 백성이 지켜보는 가운데 국왕이 원구단에 도착했다. 영의정 이가환이 신하를 대표해 국왕의 즉위를 권했다.

　권유를 받은 국왕은 세 번 사양하다 등극을 받아들였다. 이어서 자금성 태감이 12면류관과 12장복을 두 손으로 받들고 올라왔다.

　기다리고 있던 대전 내관들이 황금색 비단을 국왕의 사면에 둘렀다. 그 안에서 국왕은 곤룡포를 벗고서 12면류관과 12장복으로 갈아입었다. 세자도 황태자의 복식인 9면류관과 9장복으로 갈아입었다.

　환복이 끝나고 휘장이 걷혔다.

새로운 복식을 착용한 황제의 모습은 그야말로 헌앙했다. 원구단 주변을 가득 메운 백성들이 그 모습을 보고는 절로 환호했다.

　"우와!"

　영의정이 자개함을 두 손으로 받들었다.

　"폐하! 이번에 새롭게 제작한 대한의 국새와 어새이옵니다. 부디 거두어 주시옵소서."

　황제가 고개를 끄덕였다.

　"그렇게 하라."

　황제가 국새와 어새를 받아 들었다.

　대한의 국새와 어새는 용이 감싸고 있었다. 영의정이 공손히 물러서서는 두 팔을 번쩍 들었다.

　"황제 폐하 만세!"

　만조백관들과 백성들이 복창했다.

　"황제 폐하 만세!"

　"만세!"

　"만세!"

　"만만세!"

　"만만세!"

　드디어 대한의 황제가 탄생했다.

　본래는 여기서 절차가 끝난다. 그러나 신임 황제에게는 또 하나의 제위 등극이 남아 있었다.

만세삼창이 끝나자 일단의 인물들이 앞으로 나왔다. 이들은 몽골 초원에서 가한의 등극을 축하하기 위해 달려온 몽골의 왕공귀족들이었다.

몽골 부족이 일제히 무릎을 꿇었다.

청국 태감이 두 손으로 화려한 모피 덧옷을 들고나왔다. 덧옷은 청국 황제가 가한의 지위를 넘길 때 함께 넘겼던 물건이었다.

청국 태감이 무릎을 꿇었다.

"폐하! 이 모피 덧옷은 몽골이 청국의 태종 황제에게 충성을 맹세하면서 바쳤던 물건이옵니다. 부디 이 옷을 입으시고 초원의 주인에 오르시옵소서."

형식적이지만 청국 출신 태감이 몽골의 가한이 되기를 청원했다. 그것을 본 몽골 초원의 왕공귀족도 일제히 재청했다.

"그렇게 하겠다."

황제의 승낙이 떨어지자 청국 태감이 조심스럽게 덧옷을 펼쳐서는 황제에게 걸쳤다. 이어서 영의정이 몽골제국의 국새와 어새를 바쳤다.

황제가 몽골 국새와 어새를 받았다. 몽골의 왕공귀족 한 명이 무릎걸음으로 앞으로 나왔다.

"폐하! 소인은 칭기즈칸의 후예인 보르지진 부족의 족장 예제이라고 하옵니다."

"오! 그대가 위대한 칭기즈칸의 후예였구나. 잘 왔도다."

"황공하옵니다."

예제이가 두 손으로 땅을 짚었다.

그가 황제의 신발에 입을 맞추고서 소리쳤다. 이런 행위는 몽골 초원 부족 극공의 예절이었다.

"소인을 포함한 몽골의 모든 부족은 초원의 율법에 따라 새로 등극하신 가한께 충성을 맹세합니다."

이어서 모든 몽골 부족이 복창했다.

"초원의 율법에 따라 가한께 충성을 맹세합니다!"

황제가 크게 기뻐했다.

"오오! 고맙구나. 짐은 언제까지라도 초원을 버리지 않을 것이다."

예제이가 다시 머리를 조아렸다.

"황공하옵니다."

"예제이는 들어라."

"황명을 받들겠사옵니다."

"내년 초 땅이 굳어지면 날을 잡아 짐이 목란위장에 갈 것이다. 그때는 초원 부족의 구성원들을 모두 만나 보고 싶구나."

예제이가 소리쳤다.

"언제라도 명을 내려 주십시오! 그러면 소인들은 모든 일을 제쳐 두고 목란위장을 찾겠사옵니다!"

"알았다. 잠시 후 연회에서 다시 보자."

"예, 폐하. 거듭 초원의 주인이 되심을 하례드리옵니다!"

개혁군주

"하례드리옵니다!"

통역을 통해 주고받은 대화였다. 그럼에도 몽골 부족들의 진정성이 가득 담긴 충성 맹세는 황제를 흐뭇하게 만들었다.

영의정이 나섰다.

"폐하! 천하의 주인이 되셨음을 하늘과 천지신명께 고하시옵소서."

"그렇게 하라."

황제가 영의정의 인도를 받아 단에 올랐다. 천원지방(天圓地方)에 맞춰 만들어진 본 단의 바닥은 네모지고 땅은 둥글게 만들어졌다.

본 단에 올라 천제를 지낸 황제는 황궁우로 들어갔다. 황궁우는 태조 황제의 위패와 천지신명의 위패가 모셔져 있었다.

황궁우에서도 제를 마친 황제가 단위의 용상에 앉았다. 아직 정부 직제가 개편되기 전이어서 도승지가 나섰다.

"황제 폐하께서 즉위 조서를 반포하셨습니다!"

모든 사람이 일제히 무릎을 꿇었다.

도승지가 조서를 낭독했다.

"봉천승운황제는 고한다!"

이렇게 시작된 황제의 즉위 조서는 꽤 길었다. 조서에는 북벌 대업의 공적과 북미 지역과 해양 영토에 관해서도 빠짐없이 거론되었다.

"……이에 짐은 만대를 이어 나갈 새로운 황통을 세우고자 한다. 아울러 국호는 크고 넓고 높다는 의미의 한(韓)으로 정하며, 연호는 천개(天開)로 한다. 한은 몽골 가한의 한과 의미가 같으며, 천개는 과거 고려조의 묘청이 금나라를 정벌하자며 봉기할 때 주창한 연호다. 짐이 이 연호를 다시 쓰고자 함은 이번 북벌의 의미를 되새기면서 새로운 황조의 개창을 천하에 알리고자 함이다."

놀라운 일이다.

유교 국가인 나라에서 반역은 어떤 이유에서도 용납되지 않는다. 그래서 이성계가 조선을 건국했을 때도 역성혁명이란 맹자의 사상을 들고나왔었다.

그런데 군사를 자임하는 황제가 묘청의 연호를 쓴다고 천명했다. 물론 여진족의 금나라를 정벌한다는 의미를 새긴다고는 했으나 이는 파격이었다.

연호 발표는 당연히 중신들의 뜻을 모았기 때문에 가능한 일이다. 연호 논의가 있을 때 천개가 거론되자 처음에는 크게 술렁였었다.

천개가 고려에 반역한, 거기다 불교 승려인 묘청이 사용한 연호라는 사실 때문이었다. 그런데 국왕의 설명을 들은 중신들이 이내 설득되었었다.

중신 대부분은 골수 성리학자들이다. 이런 중신들이 이처럼 변화하게 된 근원은 세자였다.

세자는 개혁을 시작하면서 새로운 역사관의 정립을 위해

부단히 노력했다. 처음 중신들은 이런 세자의 노력에 별 관심을 기울이지 않았다.

워낙 사대모화에 물들어 있었던 역사 인식을 쉽게 바꾸려 하지 않았다. 그러나 세자는 꾸준히 노력했으며, 묻혀 있던 역사서 발굴에도 노력했다.

이러한 노력은 시간이 지나며 점차 성과를 보였다. 특히 세자가 추진하는 개혁과 대외 교역 등에서 놀라운 성과를 보이면서 눈에 띄게 달라졌다.

변화의 정점은 북벌이었다.

중신들이 북벌을 지지하기는 했다.

그러나 마음 한구석에는 혹시 하는 불안감이 없었던 것은 아니었다. 그런데 북벌이 시작되면서 청군을 파죽지세로 몰아붙였으며, 종내는 청국 황제의 항복까지 받아 냈다.

이에 중신들은 깨달았다, 사대모화는 이미 낡은 유산에 불과하다는 사실을.

동시에 자신들의 역사 인식도 완전히 바꿔야 하는 때가 되었음도 절감했다.

더욱이 북벌 도중 세자가 연개소문을 영웅으로 치켜세웠다는 사실도 알고 있었다. 유교를 숭상하는 조선에서 연개소문은 최악의 역신이었다.

그런 연개소문이 영웅으로 거론되었다는 사실은 세상이 그만큼 바뀌었다는 걸 의미한다. 그렇게 바뀐 인식이 있었기에 천개 연호에 대해서도 찬성을 표시할 수 있었다.

조서의 낭독이 이어졌다.

"그동안 궁호만 받아 왔던 모후께는 태후의 존호를 올린다. 아울러 짐의 선고이신 장헌세자께는 태황제로 추존하며…… 가상한다. 이어서 왕비를 황후로, 수빈을 황귀비로 봉한다. 세자를 황태자로, 세자빈을 황태자비로, 세손을 황손에 봉한다. 황실 종친들에게도 각자의 자리에 맞게 가상한다. 그리고 이번 북벌에 공을 세운 자들에게는 특별히 그 공적에 따라 작위를 수여한다. 작위 수여자들은 별도의 조서를 통해 공표한다."

사도세자가 태황제로 존숭되며 장조(莊祖)로 추존되었다. 아울러 현륭원도 융릉으로 높여 새롭게 단장하게 했다. 비로소 황제의 평생 숙원이 풀리게 된 것이다.

즉위 조서 반포가 끝났다.

황제는 대기하고 있던 대전 내관의 부축을 받으며 용상을 내려왔다. 그러고는 원구단을 걸어 나와 화려하게 만들어진 거대한 연(輦)을 탔다.

개혁이 시작되면서 황제도 사람들이 지는 연을 타지 않았었다. 그러나 제위에 오른 이번만큼은 격에 맞는 화려한 연을 탔다.

"출발하라!"

황제의 연이 천천히 움직였다.

"만세!"

"황제 폐하 만세!"

"대한제국 만세!"

연도의 백성들이 만세를 연호했다.

대한의 백성들도 나약하고 무력했던 이전에서 완전히 벗어나 있었다. 하나같이 당당하고 힘이 넘치는 백성들의 연호는, 그래서 더 강렬했다.

황제의 연이 백성들의 만세 연호에 휩싸여 종묘에 도착했다. 종묘는 평상시에는 문이 닫혀 있는데 이날만큼은 활짝 열려 있었다.

자금성 해체 작업이 시작되면서 지붕을 씌웠던 황금 유리기와가 먼저 걷혔다. 그렇게 걷어 낸 황금 유리기와는 본토로 들여와서는 가장 먼저 종묘의 지붕을 바꿨다.

이어서 이번에 완공된 원구단의 황궁우와 담장을 덮었다. 그리고 별궁인 경희궁의 기와가 먼저 교체되고 있었다.

달라진 부분은 또 있었다.

지금까지 종묘제례에는 6일무로 서른여섯 명의 일무원이 나와 춤을 추었다. 그런데 이번에는 황제의 예에 따라 8일무가 거행되면서 예순네 명의 일무원이 대기했다.

황제와 황태자가 정전에 섰다.

장악원 악사들이 웅장한 제례악을 연주했다. 거기에 따라 예순네 명의 일무원이 춤을 추면서 제례가 시작되었다.

황제가 위패에 차례로 제를 올렸다. 그러고는 이번에 새로 제정된 황제의 묘호와 시호를 봉헌했다.

그와 함께 종묘에 걸렸던 국왕들의 어진도 황제에 맞게 교체되었다. 새로 걸린 어진에는 전부가 황룡포를 입은 모습이 그려져 있었다.

거둬진 이전의 어진은 녹나무로 만든 관에 넣어 따로 보관되었다. 이러한 제향이 절차대로 진행되는 동안 제례악과 8일무가 끝없이 이어졌다.

이윽고 모든 제례를 마친 황제는 다시 연을 타고 경희궁으로 이동했다. 경희궁은 본래 추존 황제인 원종의 사저였다.

그런 사저를 광해군이 왕기가 흐른다는 이유로 몰수해 왕궁을 짓게 했다. 그렇게 지어진 경희궁의 정전은 중앙이 아닌 외곽에 자리했다.

그것도 비틀어진 형태였다.

그런 경희궁의 정전인 숭정전(崇政殿)은 단층이었다. 황제는 즉위하고 나서 상당 기간 경희궁을 거처로 사용했었다.

그래서인지 황금 유리기와가 들어오자 가장 먼저 경희궁부터 교체하게 했다. 황태자가 경희궁의 기와 교체를 직접 지휘하면서 빠르게 많은 전각의 기와가 교체되어 제법 황궁의 면모를 보이고 있었다.

황제의 연이 정문인 흥화문을 지났다.

궁으로 들어온 연은 숭정문 앞에 멈추었다. 별궁인 경희궁 숭정전의 정문은 대형 연이 들어갈 정도로 높지 않았다.

개혁군주

"황제 폐하를 호위하라!"

내금위장의 지시에 장병들이 일사불란하게 움직였다. 궁궐 안이지만 오늘은 외부에서 들어온 사람이 많았기에 특별히 경호에 더 신경을 썼다.

황제가 금군의 호위를 받아 안으로 들어갔다. 숭정전의 앞마당에는 차양이 설치되어 있었다.

황제가 숭정전 수미단의 용상에 앉았다.

외국 사신을 알현할 시간이었다. 즉위식에 맞춰 주변의 몇개 나라가 사신을 보냈다.

대전 내관이 소리쳤다.

"사신들은 폐하를 알현하시오!"

가장 먼저 청국 사신 세 명이 들어왔다.

사신 파견은 항복 협상 조건 중 하나여서 어쩔 수 없이 축하 사절을 보냈다.

대전으로 들어온 청국 사신은 삼궤구고두례를 올렸다.

그러고는 무릎을 꿇고 두 손을 모았다.

"외신은 대청의 예부상서 고기(高杞)이옵니다. 본국의 황제 폐하를 대신해 대한 황제 폐하의 등극을 진심으로 하례드리옵니다."

과거였다면 찾아오지도 않을 예부상서가 대례를 올리며 외신을 자청했다. 그러한 하례를 받은 황제는 만감이 교차했다.

그러나 겉으로는 담담했다.

"먼길을 오느라 수고했다. 귀국의 황제는 평안하신가?"

"폐하의 성려 덕분에 잘 계시옵니다."

"얼마 전 우리 양국은 불미한 일이 있었다. 그러나 청국과 본국은 오래전부터 교류해 왔다. 짐은 그런 양국의 전통을 앞으로도 잘 살려 갔으면 좋겠구나."

고기가 두 손을 모았다.

"폐하의 하교를 반드시 본국 황제께 전해 드리겠사옵니다."

청국 사신이 예물을 전하고 물러갔다.

이어서 대월의 사신이 들어왔다.

"폐하! 천자의 등극을 진심으로 하례드리옵니다. 외신은 대월의 영진군 완복진이옵니다."

"먼길을 잘 왔도다. 귀국의 황제는 안녕하신가?"

완복진은 깜짝 놀랐다.

대월은 외왕내제(外王內帝) 하는 나라다. 사신으로 온 영진군도 본래는 영진군왕인데, 대한의 황제가 먼저 대월의 황제를 지칭했다.

놀란 완복진이 급히 몸을 숙였다.

"외신의 군주를 황제로 칭하시다니요. 받들기 민망하옵니다."

"그렇지 않다. 우리 대한은 대월과 형제지교를 나누려고 한다. 그러니 그대의 나라도 이제는 제대로 대우를 받아야 하지 않겠느냐?"

대한이 대륙의 주인이 되었다는 사실을 대월도 알고 있었다.

그런 대한의 황제가 대월과 신속이 아닌 형제지교를 나누자고 한다. 거기다 외왕내제 하지 말고 황제의 나라임을 천명하라고 권했다.

완복진이 감격했다.

"아아! 본국의 황제께서 이 사실을 알면 용상에서 일어나셔서 춤을 추실 것이옵니다."

"짐은 이렇게 생각한다. 우리 대한이 청국을 물리치고 대륙의 주인이 될 수 있었던 데에는 귀국의 도움이 컸다. 비록 거래라고는 하지만 귀국은 우리 상무사에 엄청난 땅을 내주었다. 그 땅에서 해마다 막대한 양곡을 수확하면서 식량난을 해결한 것은 물론이고 군량까지 든든히 확보했다. 그런 대월을 짐이 어찌 무시할 수 있겠느냐?"

완복진이 두 손을 모았다.

"양곡 생산은 상무사와의 거래로 이뤄진 일이옵니다. 그 일을 폐하께서 고마워하실 줄은 몰랐사옵니다."

황제가 약속했다.

"그래서 짐이 선물을 하나 주려고 한다. 대월은 늘 대륙 왕조에 시달림을 받아 온 것으로 알고 있다. 그러나 이제는 크게 걱정하지 않아도 될 것이다."

완복진의 눈이 더없이 커졌다.

"그렇게만 된다면 우리 대월은 더 이상 바랄 것이 없사옵니다. 하온데 무슨 좋은 방안이라도 있으시옵니까?"

"대륙 강남에 건국될 송은 우리 대한과 오래전부터 친교를 맺어 왔다. 내년 초 송이 건국되면 우리와 형제지국이 된다. 그래서 우리 대한은 송이 귀국에 대한 탐욕을 부리지 않도록 중재해서 양국이 편하게 살도록 해 주려고 한다."

"황감하옵니다. 우리 대월은 폐하의 황은을 영원히 잊지 않겠사옵니다."

완복진이 몇 번이고 감사의 인사를 올렸다. 그러고는 가져온 예물을 바치고 물러났다.

다음으로 백련의 사신이 들어와 하례했다.

이미 한 번 만났던 백련의 사신을 황제는 반갑게 맞았다. 황제의 환대에 백련의 사신들도 몇 번이고 사은하고는 예물을 바치고 물러났다.

사신 접견이 끝나자 대전의 문이 활짝 열렸다. 황제가 사신들과 접견을 하는 동안 대전 앞뜰에는 연회 준비가 끝나 있었다.

황제의 즉위식에 따른 연회였다. 연회에는 만조백관과 사신들이 참여했으며 늦게까지 진행되었다.

❀

다음 날.
작위식이 거행되었다.

황족에 대한 봉작이 먼저 진행되어, 황제의 이복동생인 은언군이 친왕에 봉작되었다.

은언군의 인생은 파란만장했다.

사도세자의 서장남인 그는 거듭된 모함으로 몇 번의 죽을 고비를 넘겨야 했다. 특히 맏아들인 상계군이 역모에 연루되면서 아들은 자결하고 본인은 군작이 박탈되는 수모까지 겪어야 했다.

강화로 유배되어서도 끝없는 생명의 위협을 받았었다. 특히 정치적 위상을 높이고 싶어 하는 왕대비로부터 역모의 화근으로 지목되기까지 했다.

노론 벽파는 이런 왕대비를 등에 업고 수 없는 모해와 상소로 죽이려 했다. 그러나 황제는 하나 남은 이복동생을 끝까지 보호했다.

심지어 단식까지 하면서 벽파의 거센 정치 공세를 버텨 냈었다. 이런 황제의 동기애에 결정적 보탬이 되어 준 사람은 황태자였다.

은언군은 개혁에 적극 동참하면서 위기를 넘길 수 있었다. 그러면서 홍삼 제조에 큰 공을 세우면서 스스로의 위상까지 제고하게 만들었다.

그렇게 우여곡절을 겪어 온 그가 이번에 친왕에 봉작된 것이다. 그야말로 기사회생이요, 인생역전이라 하지 않을 수 없었다.

황제가 동생을 애틋하게 바라봤다.

"그동안 고생이 많았다. 짐이 제대로 아우를 지켜 주지 못해서 늘 안타까웠다. 다행히 모진 고난을 아우가 잘 버텨 낸 덕분에 오늘의 영광을 얻게 되었구나. 축하한다, 은친왕."

은친왕이 급히 몸을 숙였다.

"아닙니다. 형님 폐하께서 지켜 주신 덕분에 오늘의 소제가 있사옵니다. 그러지 않았다면 소제는 이미 죽은 목숨이옵니다. 소제는 그런 형님 폐하의 은혜를 죽어서라도 결코 잊지 않을 것이옵니다."

황제가 크게 웃었다.

"하하하! 고마운 말이다. 그러나 아직 할 일이 많으니 건강히 오래 살면서 황태자를 도와주도록 해라."

"명심하겠사옵니다."

조선은 인조 이후 왕손이 귀했다.

그러다 사도세자가 다섯 명의 아들을 낳으면서 잠시 융성했었다. 그러나 의소 세손이 단명한 것을 비롯해 은신군과 은언군이 전부 불미한 일에 연루되어 사사되거나 유배지에서 사망했다.

황제도 아들을 먼저 보낸 아픔을 겪으면서 황실의 직계 황손은 더 귀해졌다.

이런 상황이어서 봉작된 황족은 숫자도 많지 않았으며 작위도 낮았다.

그런 와중에 은친왕의 아들로 은전군의 양자가 된 풍계군이 공작의 작위를 받았다. 그리고 그의 서자 셋이 후작의 작위를 받았다. 그동안 군호도 받지 못하고 온갖 고생을 해 온이들의 인생도 이번에 완전히 역전된 것이다.

다음으로 북벌에 공을 세운 지휘관들과 국정을 이끌면서 공을 세운 대신들의 봉작이 이어졌다.

백동수가 군부에서 유일하게 후작이 되었다. 내각에서는 전 영의정 이병모가 후작에 봉작되었다.

수군장관과 각 군사령관, 영의정과 조정 중신 몇 명이 백작에 봉작되었다. 군단장과 사단장 수십 명과 조정 중신 몇명이 자작에 봉작되었다.

일부 사단장과 여단장, 연대장 다수와 중신 십여 명이 남작이 되었다. 홍경래와 같이 최고의 전공을 세운 하급 무관몇 명도 남작에 봉작되었다.

작위만 수여된 것이 아니다.

작위 수여자들에게는 북미 지역의 토지와 포상금이 지급되었다. 국가유공자가 된 장병들에게도 약속대로 10만 평의토지와 다양한 포상이 지급되었다.

종전이 되고 몇 개월이 지난 상황이었다.

그동안 다수의 장병이 전역했다. 전역한 장병 대부분은 국가유공자 포상을 받으면서 북미 이주를 선택했다.

전역 장병들의 이주 계획은 이미 세워져 있었다.

그래서 장병들이 이주를 신청하면 곧바로 정기 연락선에 오를 수 있었다.

전역 장병들은 대부분 루이지애나 지역으로 배정되었다. 황태자는 북미군정장관에 지시해 전역 장병을 뉴올리언스 주변부터 채워 나가게 했다.

북미 지역은 그동안의 노력으로 로키산맥을 관통하는 몇 개의 횡단 경로가 만들어져 있었다.

이렇게 만들어진 경로에는 요소요소에 북미군단 병력이 배치되어 있었다.

덕분에 이주 장병과 그 가족들은 안전하게 정착할 수 있었다.

물론 오랫동안의 내륙 여정을 보내야 하지만, 이는 어쩔 수 없는 통과의례였다.

북벌에 참여한 병력은 50만이 넘는다.

이 병력이 3년 복무를 마치면 해마다 수십만이 전역한다. 이 병력 중 절반만 북미 이주를 신청해도 해마다 가족 포함 50만이 넘는 숫자가 된다.

전역 장병은 하나같이 역전의 용사들이었다.

전투 경험이 있는 병력과 그러지 않은 병력의 전력 격차는 하늘과 땅이다. 그래서 황태자가 전역 장병의 북미 이주에 큰 공을 들이고 있었다.

작위 제도는 세상을 바꿨다.

조선의 무과는 서얼과 일반 양민 출신도 응시가 가능했다. 그래서 봉작된 지휘관의 가문은 한미하거나 서자 출신이 많았으며, 양민 출신도 상당했다.

이전이었다면 이런 무관 중 일부만이 입신양명할 수 있었다. 그런 무관 중 조정 중신이 된 사람은 또 극소수에 불과했다.

그런데 달라졌다.

이번에 수백 명이 작위를 받았다.

작위는 새로운 지배 계층의 탄생이었다.

그런 지배 계층에 경화사족이나 명문 출신이 아닌 인물이 대거 발탁되었다. 이것을 본 백성들의 가슴속에서 새로운 욕망이 꿈틀대기 시작했다.

자신들도 공을 세우면 봉작을 받을 수 있다는 사실을 알게 되었다.

더구나 일반 병사도 국가유공자가 되면 엄청난 토지와 포상금을 받을 수 있었다.

대한은 영토가 넓고 광활해서 많은 병력이 필요했다.

더구나 군은 계급사회여서, 자기만 노력하면 언제라도 고위 무관이 될 수 있었다.

이러한 사정을 직접 확인한 백성들은 대거 징병을 자원했다. 무관을 경원시해 온 유력 가문들도 이번 결과를 보면서 생각을 바꾸는 계기가 되었다.

무관학교로의 관심이 폭증했다.

더불어 무관으로의 승진이 가능한 준무관에 대한 관심도
폭발적으로 증대되었다.
　　대한에 새로운 바람이 불기 시작했다.

개혁군주

엑스트라 책사의 로열로드

mensol 퓨전 판타지 장편소설

『회귀자의 그랜드슬램』의 mensol
무과금의 신을 소환하다!

실력 게임을 무과금으로 돌파하던 레전드 유저
게임 속 똥캐 조연에게 빙의되다!
신묘한 계책으로 배신당해 파멸하는 결말을 피하라!

한미한 남작 가문 사남 알스
인공지능과 겨루던 체스 실력
전략 게임으로 다져진 기기묘묘한 책략
히든 피스로 얻은 무력으로
대륙을 평정하다!

삼국지를 연상케 하는 디테일한 전략!
피 끓는 전장의 광기가 폭발한다!

꿈의 도약, 로크에서 하십시오
(주)로크미디어에서 신인 작가를 모십니다

즐거운 세상, 로크미디어는 꿈을 사랑하고 도전을 두려워하지 않는 작가 분들의 참신한 작품을 기다리고 있습니다. 21세기 장르 문학계를 이끌어 갈 차세대 선두 주자 (주)로크미디어에서 여러분의 나래를 활짝 펴 보시길 바랍니다.

모집 분야 판타지와 무협을 포함한 장르 문학
모집 대상 아마추어 작가, 인터넷 작가
모집 기한 수시 모집
작품 접수 시 유의 사항
1. 파일명은 작가명_작품명.hwp형식을 갖춰 주십시오.
1. 파일에 들어갈 내용은 다음과 같습니다.
   - 성명(필명인 경우 실명을 밝혀 주세요), 연락처, 이메일 주소
   - 제목, 기획 의도
   - A4용지 1장 분량의 등장인물 소개
   - A4용지 2장 분량의 전체 줄거리
   - 본문
1. 작품이 인터넷에 연재되고 있다면, 게시판명과 사이트의 구체적이고 정확한 주소를 기재해 주십시오.

선택된 작품은 정식 계약 후 출판물로 간행되어 전국 서점에 유통됩니다.
작가 분은 (주)로크미디어의 전폭적인 지원하에 전속 작가로 활동하시게 됩니다.
※ 자세한 내용은 로크미디어 홈페이지(rokmedia.com)를 참조하세요.

(04167)서울시 마포구 마포대로 45 일진빌딩 6층
(주)로크미디어 편집부 신간 기획 담당자 앞
전화 : 02) 3273-5135
www.rokmedia.com   이메일 : rokmedia@empas.com

One for all
원포올

일라잇 스포츠 장편소설

작렬하는 슛, 대지를 가르는 패스
한계를 모르는 도전이 시작된다!

축구 선수의 꿈을 품은 이강연
냉혹한 현실에 부딪혀 방황하던 중
운명과도 같은 소리가 귓가에 들어오는데……

당신의 재능을 발굴하겠습니다!
세계로 뻗어 나갈 최고의 축구 선수를 키우는
'One For All' 프로젝트에, 지금 바로 참가하세요!

단 한 번의 기회를 잡기 위해
피지컬 만렙, 넘치는 재능을 가진 경쟁자들과
최고의 자리를 두고 한판 승부를 벌인다!

실력만이 모든 것을 증명하는
거친 그라운드에서 당당히 살아남으라!

기갑천마

거짓이슬 퓨전 판타지 장편소설

종말을 막지 못한 절대자
복수의 기회를 얻다!

무림을 침략한 마수와의 운명을 건 쟁투
그 마지막 싸움에서 눈감은 무림의 천하제일인, 천휘
종말을 앞둔 중원이 아닌 새로운 세상에서 눈을 뜨는데……

"천휘든 단테든, 본좌는 본좌이니라."

이제는 백월신교의 마지막 교주가 아닌 평민 훈련병, 단테
그럼에도 오로지 마수의 숨통을 끊기 위해
절대자의 일 보를 다시금 내딛다!

에이스 기갑 파일럿 단테
마도 공학의 결정체, 나이트 프레임에 올라
마수들을 처단하고 세상을 구원하리!